珞珈诗情

主编　陈勇

编委　陈勇　邱华栋　李少君　方长安　王新才

武汉大学出版社
WUHAN UNIVERSITY PRESS

图书在版编目 (CIP) 数据

珞珈诗情/陈勇主编 . —武汉：武汉大学出版社,2023.11
ISBN 978-7-307-23945-6

Ⅰ.珞…　Ⅱ.陈…　Ⅲ.诗集—中国—当代　Ⅳ.I227

中国国家版本馆 CIP 数据核字 (2023) 第 158514 号

责任编辑:徐胡乡　　　责任校对:李孟潇　　　版式设计:马　佳

出版发行:**武汉大学出版社**　（430072　武昌　珞珈山）
（电子邮箱：cbs22@ whu.edu.cn　网址：www.wdp.com.cn）
印刷:武汉中远印务有限公司
开本:720×1000　1/16　印张:22.75　字数:326 千字　插页:1
版次:2023 年 11 月第 1 版　　2023 年 11 月第 1 次印刷
ISBN 978-7-307-23945-6　　定价:88.00 元

序　言

於可训

　　我在一篇文章中曾经说过，珞珈山是一座富有灵性的山。有灵性的山必是一座有诗性的山，盖因诗乃性灵之物，言志缘情，独抒性灵，是诗的灵魂。所以自有山名珞珈以来，便有灵性蕴涵其间，便有诗人秀出于斯。从为珞珈山命名的闻一多，到雅好吟咏的鸿儒硕彦、各科俊才，从享誉海内外的珞珈诗人，到灿若明星的校园诗歌新秀，珞珈山上的诗人，和从珞珈山走出去的诗人，俨然自成一脉，如长江之水，波涌九派，浪下三吴，蔚为大国。

　　珞珈山又是一座富于美感、容易激发诗情的山。从满山的奇花异草、珍稀林木，到遍布校园的黉宇精舍、广厦高楼，无不透着一种让人赏心悦目、心旷神怡的惊艳和美色。所以每到樱花季节，便招来游人如织，看花也看树，看屋也看人。指顾之间，处处是诗：樱花是诗，梧桐是诗，樟木是诗，银杏是诗，梅园是诗，桂园是诗，枫园是诗，樱顶是诗，老斋舍是诗，十八栋是诗，环山道是诗，池塘和草地是诗，巍峨高大的宫殿式建筑是诗，寓含古意的穹庐窿顶也是诗，东湖水是摊开的诗页，珞珈山、狮子山、火石山是编就的诗集，更不用说书房的灯光，教室的书声，晨练的脚步，晚归的身影，花前月下的依恋，山间湖畔的

丁忱

珞珈山写意

金桂留香醉意浓，
樱花妙曼带羞红。
寒梅弄雪邀词客，
古木参天傲碧空。
四季如诗美如画，
两山似虎强似龙。
珞珈山上风光好，
一代才人万世功。

恋 珞 珈

曾经命笔争高下，
学海探珠誉晚霞。
调到巫山神女韵，
心声一曲恋珞珈。

丁天锡

浪淘沙·血比花红

极目大江东，往事萦胸。珞珈山上万花丛。六一亭前回首望，血比花红。

今日校园中，无限春风。东湖逐浪气如虹。忽听啸吟惊昊起，湖底蛟龙。

丁君松

七律·东湖秋色

久居珞珈，宅畔东湖，晨夕漫步，口占回文。

东湖涌浪乘轻舟，远水连天一色秋。
枫叶疏稀依岸尽，蟹黄肥处近山幽。
濛濛细雨初晴夜，隐隐星河伴斗牛。
鸿雁南归横陇塞，风随月影漫高楼。

（1987 年）

丁海军

秋日回珞珈山

樱桂梅枫岂可忘，
叶铺小径久彷徨。
声声汽笛催人发，
离思更过秋雨长。

鹧鸪天　武大樱园老斋舍

傍岭斋居兰芷家，樱园城堡伴菁华。春醒楼外千层雪，夜读迟归吟月花。

毕业季，泪儿哗。同窗展翅散天涯。年年友校遥思日，梦里频回聚珞珈。

于刚

珞 珈 缘

时光荏苒，仿佛昨天。
母校常萦绕在梦里，星星点点。

是迎着晨曦在樱花道上早读，
还是伴着夜幕从图书馆晚归；

是在足球场挥洒汗水，
还是去东湖戏水荡船；

是搬着小凳去操场欣赏电影，
还是寻找那音乐声处舞姿翩翩；

是在实验室测试刚装好的电路板，
还是去教学楼自习孜孜不倦；

是在歌咏会上一展歌喉，
还是在运动会上短跑跨栏；

是在考场上冥思苦想，
还是完成作业后的舒心开颜；

是结队骑车去磨山春游，
还是邀友去享受豆皮热干面；

是放暑假前的切切等待，
还是开学前的殷殷期盼；

是登黄鹤楼遥看长江天际流，
还是访归元寺观千姿百态的罗汉；

是去聆听大师谈古说今，
还是牵手在林荫道上初恋；

是那郁郁的桂花飘香，
还是姣姣的梅花争艳；

是刚入校时的忐忑，
还是拿到毕业证书时的自豪感；

是初识学友时的青涩，
还是离别时难舍难分以酒代言。

母校让我们化蛹为蝶，
是我们人生远航的起点。

母校给我们最大的馈赠，
是胸怀，智慧，坚韧，信念。

胸怀让我们成熟、涵融、大度，
智慧给我们知识、视野、远见。

智博慧渊难求尽，生命绽放数十年；
海阔无涯天为际，山高绝顶宇为巅。

坚韧使我们开创事业时
经得起折磨，
耐得住寂寞，
忍得住诱惑；

信念使我们追求梦想时
迎难而攀登，
遇险而化之，
视苦为等闲。

永远传承吧
那母校的精神；
永远光大吧
那母校的馈赠。
永远珍惜吧
那同学的情谊。
永远封存吧
那曾经的青春。

马竹

樱与珞珈

樱，我十八岁遇你
你以惊艳为我注释青春

这辈子每当对你有所怀想
心就会升腾无限柔情
我几乎时刻都有感觉
樱如诗的花瓣
在全世界芬芳飘临

樱啊，我仿佛一直都在和你耳语
像你内敛一年用十天表白一样
遍世华章，漫天诗行
每一个阳春时节的随风起舞
是珞珈山的秘密在公开吐露
要创造，先有孕育

樱
多少学子这样轻声一喊
珞珈遂成名山

王毅

江城子·珞樱缤纷盼相聚

感文言同学观珞珈樱花之心切，遥想天南地北的同窗在樱花盛开时节相聚母校武汉大学。

窗前枝蕾吐新芽。忆珞珈。落袈裟。绿瓦粉樱，道上赏繁花。曾记初逢秋桂下，青梅雅，正春华。

东西南北煮清茶。话儿佳。谊情遐。漫步东湖，洲渚唱渔家。游历归来犹少侠，骑竹马，沐朝霞。

王法艇

回"珈"路上，每人都有侧身让过的灵魂
——纪念母校武汉大学西迁嘉州八十周年

每一位奔宕者心中都根植一方山水
整个春夏，江水的忧伤和怒涛蓄谋着浩荡
在飞鸟惊悸的刻度，簌簌跌落的羽毛
重重凝固在时光深处
唯一延绵的脉络从此山到彼山
长江无息，密集在火焰的版图

从桂子树渲染的时节出发
一千二百块珞珈石坚硬锃亮
三千里涛声挽留过多少生命，也
就演绎过多少悲壮
绕过阴霾和漩涡
一路喋血，浸泡荣辱
弦歌不绝，和风一起自由的人终归属于自由

回"珈"路上，每人都有侧身让过的灵魂
飞翔的，伫立的，高傲的和忧伤的
有的奉献过爱，有些捐献青春和血
还有一些，在文庙的相册里守候文脉
他们的背影是无边博大的春天
给嘉州夜间的冷披挂文明的暖

王者星拱

乌云再一次压低嘉州，文庙
幽深得收紧呼吸，烛光之下
文明的种子细密，靡靡泱泱
嘉州闾巷复活生机
一丝冷风携裹淫雨
将烛火摇晃得接近熄灭
羸弱的老者，张开双臂呵护光焰
他护佑烛光的身影
恍若大佛，宽展额头
被烛光投射出铁的庄严
苦难之后，火苗隐忍，种子顽强
护光的人和神灵，收拢一粒粒火种
即使烛火熄灭，即使星月落幕
嘉州也不会淹没于黑暗，正是
这位王者，以拱星的姿势
给它带来了所有的光明

第八号宿舍

八十年了，风霜高洁
一座宿舍依然在它的纬度里

安抚才子佳人和大江大河
诗词和格物在夜晚布道
它们俾睨野蛮和轰鸣
以溯流而上的姿态，纤夫一般绷紧青春

俊采已星驰，甚至也坠入泥土
纤草历经荣枯，接近喑哑
但我，怀着江水的澎湃前来祭拜
肃穆寂寂，涌出的敬仰
仿如时间的宪法，在霞光里确认

月神经受不住凉意，黯然
走下百草葳蕤的山崖。一座宿舍
在松林闪现，身着青衫的学子
看到露水打湿长襟，落叶覆盖一切
所有的光线抵达时已经陈旧
毋需点名，八号代表一切
花朵，吹灭灯盏
暮色，心怀慈悲
它背后的残山剩水，像一枚词牌
俯首大地，默念着生命的经卷

王珍莉

又见珞珈之樱

值辛丑年春，恰三月樱花，有武大哲学七八级同砚会于珞珈。春风花语，东湖波霞。相与把酒，旧事新景共话，日行月逐，何惧雨打樱花，不说青丝白发。

春雨洗过的樱花
抹去冬之雪的严寒
我在四季轮回的风里
寻找你奔涌的血脉
可曾记得那年青春的遇见
遇见了你啊，便注定了一生的情缘
那时有雄鹰在头顶飞过
以及狂热的闪电
心胸博大的东湖水
仰望珞珈，湖光山色
描述荣耀与艰难

苍松翠柏，你越过老斋舍的石阶
飘进宿舍，桌椅被红粉装点
我们在风中赏花，或者
拾起雨水冲洗过的花瓣
你质朴纯洁，倔强的姿态
用坚守充盈清晨的书声

抚慰那些落寞的夜晚

多少个午夜的徘徊

你的身影穿越时间

再高的山，隔不断绚烂花语

再远的路，总有并非虚构的抵达

一直怀念有你的日子

甚至，在无光的夜里

寻找你不变的信念

当云彩改写天空的颜色

请不要为飘零的落叶悲哀

甚至残阳，也会舞动新的起点

就像土地把所有得意和失意深埋

我曾用你的花容制成书签

清洗浮华满眼的世界

我曾一次次翻出发黄的照片

以及，那些刻在心里的誓言

不忍看光阴被流水推远

我借风的翅膀

问候每一个温暖的瞬间，不错过

每一次跨越山水的相见

又见樱花。那些枝和干的呼吸

扣不住波推浪涌的日子

发白的时间里，有灵魂的震颤

那些难以去除的心结与不舍

我能理解，就如你的坦然
我捧着被你淘洗过的底片
伴着行云流水的节奏，叙说
被风雨打磨的语言！

（2021.3 于武大）

王家新

樱　花

樱花，我大学时代的樱花
在我的记忆中只开过一次
它开在别的宿舍楼的窗口

（那时我还不知道巴赫，我被肖邦害得很苦）

但现在，我可以看清你了
三月细雨中绽放的樱花
我看清了你，是因为
那些映照你的黑色树干变得更苍老了
（苍老得要让人流泪）
它们枝条也变得更柔润了

（甚至，它们中的有些被砍去了头
为了你更繁茂的花期）

而我们也经历了一个个寒冬
我们来到中年的斜坡上眺望
因而会爱上你的潮润和绯红
甚至，爱上你的柔弱和易逝
无论你开在哪一个窗口

无论你开在哪一个窗口
你都和我们的青春联系在一起
啊，肖邦！葬礼进行曲！
那一次次雨夜的徘徊，那被掩埋的
青春，那青春的冲动……

草木飘溢隐隐的芬芳。
幽静的小路穿过林间，
诗情伴随琴声的悠扬。

彩霞一般的青春憧憬，
前程似锦的年轻想象……
昔日的学子今已老去，
梦幻曲是否仍在荡漾？

离别

1957年9月下旬，我在"反右"中被批判，开除团籍后第三天离校。不敢向人辞别，亦无人送别。上车时，一位二年级的学弟前来道别，握手祝福，令我终生铭感。车离珞珈山，渐行渐远，回望山林校舍，不禁怆然。

林间的来风寒意已重，
秋山秋水亦一片空濛。
只愿记得此刻的别离，
不敢希望他日的重逢。
东湖会否冰封于严冬，
前路或许会布满荆丛。
林间的来风寒意已重，
秋山秋水亦一片空濛。
一双芒鞋如何跋涉，
跨越风雨关山万千重。
只愿记得此刻的别离，
不敢希望他日的重逢。

车正昂

珞珈山的电影

珞珈山的电影
是鲜亮的袂饰，叶般大小地
摁下石梯。今天鸽子在思考
诗的时候没有倒下，
白天它们藏在历史中不拍照。
编磬的最后晚上：思考让
器物流动的方法必然要
把创作背景安置在格子窗以外。
牵着我的手细数着纸叠的山兽，
在屏幕那边导演说："请打电
话给我。你设计飞行的运动"
与铜镜中石竹喷涌的器官；
珞珈山的电影
带我饮过青绿的水井，
栽下一圈干栏和明晃晃的塔刹，
扭过手腕来，
潸然泪下的马场溃烂成滩。
不过安慰的时候：
有人扮演闻一多说，附近的人
越平坦，他们结束得就越远。
在所有关于变暖的决定中，

把脚放在树上是困难的。

冷得像一幅画，

放一个大药丸，减缓身体的反应；

　　　珞珈山的电影说

最后还有一点：历史和我们一同

等待着洁白的鸽子；从一个过往混合

到每一个生活。我想跳起来反驳，

就像垂直手势那样——

完美的噪音旅行。不要

弄脏你的樱色发簪，你离去

的蜗牛又冷又热。鸽子今天迟到了，

而珞珈山递给我像画一样的温暖，

我也很喜欢这样邀请是安全的。

车延高

眷　恋

樱花在该开的时候开了
美不胜收，审美的眼睛触景生情

其实，去年的樱花也美
突来的疫情，算不算存心辜负
樱花在珞珈山苦等
那么多人把自己关在家里苦熬

一些不该走的人走了
带着遗憾，带着对美好的眷恋

樱花选择了决绝的方式
零落成泥

校门前的牌坊

珞珈山下，一尊资历不浅的牌坊站立
是知识的骨架
学问入世，天下仰风
栉风沐雨时节，打磨过沧桑的痕迹现身

跟古朴的书香同路

岁月勒近时间，比教授额头的皱纹更深

落定为校门，是不用递送的名片

由智慧之手雕塑，站立出文化的高度

在知识的硅谷中构造制高点，是成长中的地标

这里没有诠释封闭和桎梏的纽扣

知识被一本本书翻开，比胸襟开阔

进出的学子领会古老的不耻下问

用自己的方式翻译，畅销属于这所名校的骄傲

小憩时，会去看望李达的雕像，站着

和他一同凝神思考：今天，明天，或更远

一群走出校园的青年

如何用自信征服属于世界的社会

这里没有偏狭和小心眼儿

西洋建筑和东洋的樱花只填写简历

祖籍，标明过去，不代表

今天走出的脚印和下一个选择

挺立的罗马柱是另一种骨头

站在知识的前沿，有铁肩，还有责任

扛定知识和文化的穹顶。相邻处

好大一片桃花，在他热爱的时节里盛开

清晨陪读书人，日上三竿时，观看赏花人

太阳下班了，等人约黄昏后的恋人

这里，有些知识在课堂之外

四周，风是艺术，树树皆秋色

越过环湖路。东湖是水立方

浪花游动，给一群鱼讲解生态
目光搁远些，磨山在阐释定力
水可以流走，岸，守着自己的防线
就如这尊牌坊，代表一种持守
认定知识是铁打的营盘
甘愿做一身风骨，肃立
给一所百年名校站岗
作为景仰者，我常常忘掉自己
和路人一同站立，抬头
一字一顿的读：——国立武汉大学
然后习惯性地让目光回扫
将六个有生命的汉字倒过来读：——学大汉武立国
就有一种禅悟，多深奥的哲学啊
不动声色，任思考领着你去苦想
文武之道，一张一弛

水浅

毕业季·芬芳

你是真实存在的虚无
是春风
和潋滟的东湖波光
是撞到鼻尖的早春桂香，稍纵即逝
是月光下，樱花树摇曳的斑驳影子
和你害羞的温柔
是湖水折射的鱼，其实它不在那个位置
是环湖路上轻快的单车，穿过油画般水杉林的倒影
她的笑声是虚无的，单车铃铛声和回忆也是虚无的
唯一真实的是她从坡上滑过的影子
似眼中游离的星辰
合上书包的时候，我们把青涩
一起装了进去
若干年后，曾经年轻的孩子对着毕业画册翻起
很多爱情成为一种穿过生命的芬芳
或是泪或是笑
分不清黄昏和黎明，像白夜一样地虚无

看樱花的秘密

我没有告诉过别人的一个秘密

去珞珈山看樱花最好在春分时节

这一天白昼和黑夜是平均的，气温是最舒适的

玄鸟飞回，雷乃发声

祥云开始初动，电闪也开始出现

大自然阴阳的平衡在这一天准备打破

开始无尽无止的寒暑轮回

而且一定要在春分天亮未亮之时

路灯下间或一两个踽踽独行之人

一阵薄凉的微风，几丝清冷的斜雨

刹那间樱花如雪坠落、且轻且缓地亲吻泥土

这一刻时间像琥珀静止了欲望

你仿佛到了海的尽头

面对着无边的孤独与哀愁

是那么安静的美，然后你会

奋不顾身地投入进去

文庙前一棵孤独的树

—— 谨以此诗致敬武大的嘉州岁月

文庙前一棵孤独的树

站在飞鸟的影子里

一种漂泊在凌乱的风里

在叶片反射的太阳光里

我们是孤独逡巡的四季变迁

是青衣江上断楫的帆船

和佛祖眼里悲悯的文字，写成历史
是白发，盘亘在祖先额头的墙砖之上
我看见父亲相似的面孔，夜色般凝重
月亮落下去的地方
是历经苦难的山丘
枪声响起，黄色皮肤布满天空
向下的都是死亡，那棵孤独的树
它朝向星辰伸出手臂
被捏碎的阳光在指尖生长
像散落在珞珈山上的梅花
在狰狞的夜里愈加芬芳

八年了，归来的疼痛
和着指缝间漏掉带血的江水
我们民族多舛的命运，从高原而下
像是刻进皱纹里的船

午言

环珞珈山

九月在珞珈山的侧刃上
磨着刀。香樟树一片青，一片
落地的红，夕照送来千万根金针，
尽数刺在环山路的腰带上……

竖着烟囱的老楼漾出整片水波，
宿墨正在蒙尘，就像
旧物追赶着荒径。雾气的薄浮过
分岔路：两道完美的切割。

再往前走就是秋分
硬朗的草，九月更锋利了——

我最后一次徘徊　告别曾使我获得理想的樱花道
春天对于我　已不再是东方的秘密
三月　也将成为悸动的回忆
照相机按下的快门　已把我留在这里
的确　我已留在这里

这里有我所爱的和爱我的所有奋发的人们
他们理解我　懂得我的言语
正午的太阳　已抹去最后一道阴影
我告别夏日　向秋天　向桂花异香的气息走去

在枇杷核里，我已成为种子
我的心和着三月的风　停驻在这坚硬的土地
我将托起种子　托起紫色的屋檐和琉璃瓦，
用我挺直的身躯　充当土地的脊梁，
即使　我是最不起眼的，
甚至　被人忘却了的那一枝

在这精确的纬度　我种下了我的信念　我的职责，和我的
毅力
我的诗　将永远写在跋涉者的行列里
我的躯干在上升，我的根在一层层地下延
我的上升是去摘取熟透的果子　我的下延是为了熊熊的燃烧
直到这山成熟　这土地　再没有一丝黑暗和冰冷的记忆

（1982.7）

仇文彬

看见武大小情侣

我们年轻
伸展黄色身体
太阳照在我们身上
暖洋洋

还要教你
也有下雨的时候
没有车骑的日子里
我们干什么呢

行政楼风景很好
还年轻的时候
你去看看
四季爱变换

方舟

机械系毕业生

六月，是一卷混凝土搅拌机的设计图纸

我要把四年的时光积聚物
从进料端口倒入，进入椭圆形搅拌筒
哦，那些石子、水泥、砂子、水还有
黏合剂，它们要在釜中高高扬起
再自由落下。那些没有完成的恋爱的气体
要在液相中发散。那些出格的思想固态粒子
要均匀悬浮。那些从乡村跋涉而来的骨料
要慢慢乳化并增大传质和传热系数

六月，我需要性能优良的发动机和底盘
我需要高强度的合金钢螺旋叶片和耐磨的齿轮
我要带着它们奔跑、剪切、挤压、翻转和抛出
六月，我需要把城市的梦想和大山里的睡眠
安置在棚屋里。我将和派遣证同时抵达正在
施工的道路、桥梁、大坝，灌浆，再灌浆。我要
让巨大的建筑联体变得美、坚固和没有一丝漏洞
六月，我把二十岁的青春放在运输带上震动和翻滚

等世纪归来的你重新站到搅拌站出料端口前

等你说到祖国和爱，等你默然吟诵
那些缓慢、温热、跳动而且被运输着的句子

国殇：第八宿舍

这里躺着的是一种消失了的疾病：
疋病。它和一种叫马前子的草药
隔着一场简单化学试验的时距

这里躺着的是一场没有尽兴的卧谈：
残酷的相对论。微量粒子方程和飞涨的物价
同时说出了战争的速度和粮食的阴影

这里躺着的是一封封故园东望的家书：
春秋诗序。它是湘西的辞、楚天的颂
中原的易，它始于千里流迁
终于乐山文庙里的深夜假寐

这里躺着的是一组没发明的词语：
年轻的星宿。它们齐列于天，又匍匐于地。
大地陆沉，它们提前收拢了光

但在世纪课的钟声里依次被点名，重新复活

这里躺着的是一群跋涉者勇敢的魂灵：
扑火的飞蛾。他们不是死于恐惧和8%的比例
他们只是趋光起舞，把自己最后的灰烬交给了
乐山——一片小小的悲喜交集中的国土

（抗战时期，武汉大学西迁四川乐山，因条件有限，当时仅备有7座学生宿舍。但从1938年到1943年5年间，武大学生因病死亡者竟超过110人，死亡率高达8%，为此，位于城区西北的武大公墓不得不一扩再扩，以致学生们有了一种哀悼的说法——称之为"第八宿舍"。时过境迁，如今已无迹可寻。——作者注）

方长安

秋天，坐在东山头

老人，秋天的午后，坐在东山头，
看湖上太阳，听阳光翻书
他记得自己在等一个长发女孩
用他的眼，我看到的是
漫山的石头，雨中细语
他却说是一山的红裙漫舞
我问那个女孩漂亮吗
他说只比阿红白一点
只比三月的樱花轻盈一点
或者比九月的湖水澄净
他微笑了，说那一季你摇落
满树的黄杏和三千年的山梦
一群少女顾盼中以你为王，
老人有点羞涩，接着说
那位脸像诗经的是他的长发情人
我说，你记错了，我摇落的是，
十一月的红叶和我的象形文字
老人说，就是那一年的山上
他写了十万零一首情诗
终于，那个长发女孩
把他领进湖边那片芦苇
轻轻铺开白色裙子和诗经，然后
她走了，留下他秋天来坐东山头。

方书华

微澜中，珞珈之落叶

把自己交给雨露
不悲不喜，不紧不慢
秋之微澜，珞珈的第一片落叶
被南来北往的风吹瘦
吹成樊篱，也吹成脚印

散落的面孔，蚀刻在翅膀之上
哪一枚是你，哪一枚是我
只有秋雨洗一路风尘
被卷起的那一刹那
破碎，而相距遥远

你用微凉的手指
捡起的月色，林泉高致
我在山水清音之中
冬雪多了一个支点
珞珈落叶，是择水而居
还是写成梅花小篆

时光正为我们照亮路径
等樱花盛开，桂子飘香

许多不同的纹理

延展相似的脉动

一边化作泥土，一边获得新生

那 一 年

那一年，我最后一个离开宿舍

一辆破旧的自行车

驮着一个忧伤的月亮

一大堆关于桂花飘香的约定

若干年后，我建了一个小群

总有桂香从手机上飘来

各种月色制成的图标

在夜深人静的时候，互致晚安

方雪梅

行走的珞珈

拂开时光的旧尘
又看见　1938 年
结着血痂的日子迎面扑来
迎面扑来的　还有
废墟　硝烟　弥漫的苦难
闪着寒光的东洋刀
插进村庄的心脏　长江的肋骨
男人倒下了
女人倒下了
城墙倒下了
漫山炊烟倒下了

青青的珞珈山
扛着绝不倒下的灵魂
1200 颗心
揣着一条汹涌澎湃的文脉
向蜀中　向乐山　行进

暂别的东湖
是一滴愤怒的泪水
是珞珈山师生

怀抱着的一团燃烧的火焰

在书本与课桌上　在简陋的祠堂

在草屋老院　雕筑最顽强的阵地

枪炮侵占不了的血气

八十年后

珞珈山有了无限的海拔

在一册史书上

在无数学子的骨头中

无论岁月之水如何冲洗

乐山的日夜

都在每一张毕业证上伫立

忍住眼角的星光

此刻　我在东瀛的樱花林中

想念珞珈山的七月

你的背影　　穿过粉色的花瓣

我想说一些什么

舌尖堆积的词句列队已久

却至今没有出发

你看见东湖岸边

那散落一地的省略句吗

风不说　　夜色也不说

分别这个词　太重太紧
绕在脖子上　　似解不开的巨锁

离校的那天
仲夏的晚风　差点摇落
眼睫毛上的满天星光
我忍住了　　怕它落下
砸痛　扑面而来的四面八方
和那首毕业歌

樱 花 忆

从东湖的波影中醒来
春风整装而出　轻唤一声
珞珈山的衣袂
就燃成花海

梦　被一园蓓蕾叫醒
我的花季
远在 2021 年的菱花镜外
趟过遍体鳞伤的去岁
越过冬天低温的午夜　我
归来　在樱花密处
放下　陈年的疼痛与开怀

樱花　以二十岁的样子
把咸湿的记忆
一次次打开
时间的梳妆台上
我红艳的昨日
早丢失在今天的镜外

留不住的
就放它走吧
任那年缠绵的花事
在旧日记本里　如水徘徊
青春远去　樱花荣枯
岁月的滤镜下
谁的人生
不是一场美丽的盛衰？

孔令仁

2009 年重返武大感怀追忆·母校情

今兹昔比已华颠，不颂甘苦余勇言。
生当莫负平素愿，强校攻坚义分肩。
比力拳拳门生意，更喜青青胜于蓝。
老骥为荣武大志，吾辈情结珞珈缘。

孔令军

梅园五舍

关于一栋楼的陈述
一段时光的缠绕
与雪落有关
还有落梅飘摇

是的　雪落在山的那边
梅花开在你的窗前
白墙青瓦的象形
因为有了你的名字而明媚

风从左肩吹过
右手的臂弯有想象的温暖
雪花飞舞的楼前小径上
你的话语轻轻叙说江南的春天

梅园五舍
一个建筑的排列序号
一个少年心动的人间悲喜
和淡淡忧伤
和相忘

所以　每每雪落的时候
那里仍是一个芬芳的所在

愿燃烧的灵魂终能相遇

——写在毕业纪念册

如果那些忧伤不能逆流而上
此刻　请原谅我
只能以背影迎接这时光
然后未来的到来就不会那么匆忙
抬头还能看见来时路的温暖
和你柔软的模样

下一秒
我开始怀念从前的自己
和那个一直挂在右肩的行囊
再下一秒
我应该期待明天的你
和值得铭记的芬芳

那么来吧
愿善良明媚于心
愿我们不会因为懦弱
辜负这尘世的荣光
愿所有的启程都能明亮
愿所有的归来都将如愿以偿
愿燃烧的灵魂终能相遇
愿所有的到来

都是歌唱

就这样
许我由衷
愿你懂得
在这个离春天不远的夜晚
在比冰雪融化得更早一点的前方

那年　我在街道口

那年夏天的很多时候
我都在街道口
坐在十二路车站边的护栏上
浓密的梧桐树叶遮挡夕阳
身后小饭馆里飘出芳香

送走了很多人
我还在原地
数那些不曾熄灭的街灯
他们都说"前路有我，期待相逢"
我相信每一个人的真诚

只是　要怎么样的重逢
才能配得上我们
曾经忧伤的青春

邓黔生

相见欢·重上珞珈山

年年岁岁思归，探芳菲，艳美东湖夕照把人催。

不长叹，朝前看，笑干杯，约定携亲重作彩云飞。

（1999 年春）

左清

那时，我什么也没有说
——写在毕业季

该来的时候，
我来了。
该走的时候，
我又走了。

我来的时候，
什么我也不会说。
风淡淡说，轻了。

离别的时候，
我什么也没有说。
云悠悠说，远了。

珞珈山如发一般的青色，
东湖似谁人眼中的明眸，
一树树总似人低头不语，
禁不住人时时不忘回头。

石心

秋之珞珈

也曾在凌晨三点苏醒
珞珈山的那阵风
千里之外执意要打开
虚掩的义乌窗台

东湖的满眼碧波推动
岸边的那块巨石
纵然一个世纪也无法抹去
我们留下的痕迹

樱花落尽　枫叶正红
任凭季节变换
死死盖住上蹿下跳的念想
只留在心头里温热

珞珈之秋　秋之珞珈
回忆里的甜蜜伴我沉沉睡去

珞珈樱花

驻足凝望一树樱花
怔怔地
出神　无法细述
往事　前尘

放马珞珈　当我
驰骋于十年之前
樱花大道上

一朵　又一朵
美丽　如同浪花
一路起伏
盛开在思念的湖

不知可否　春华依旧
此去经年　不忘
拉拉你小手

卢絮

珞珈之秋

秋风乍起时
去赴一场前世的约定

从泥水河畔的豆蔻少女
到岳麓山脚的花样年华

那些兜兜转转的岁月
像只迷途的羔羊

高耸入云的楼宇依旧在梦中隐现
那是神秘的智慧殿堂

珞珈深处的无名小径上
我们牵手而行

美若幻境的樱花雨中
久久凝视你俊美的面容

走过古老的牌坊
还有绿树成荫的情人坡

我拾阶而上
聆听老斋舍中的时光密语

我已如约而至
而你在哪里？

珞珈樱花

刚满四岁的女儿
第一次来看樱花，也看我
我们已经半年没见面了

她主动要求做小模特
自己搬来小板凳
在樱花树下乖乖坐着，小嘴儿抿着
不再嚷嚷，略显严肃

给她画像的小哥哥倒是笑得灿烂
他的儿歌和小故事
都没能让女儿开怀一笑

不久，小肩膀上就落满了樱花
她不动，目不斜视
仿佛和樱花达成某种默契
她们在认真玩着谁是木头人的游戏

那几年我也一直在和她玩游戏
——躲猫猫
告诉她樱花盛开的时候
就能找到"看得见，摸得着"的妈妈了

她终于如愿
因此似乎对樱花充满了信任
她不笑，我猜是
她隐隐觉得和落在肩膀的樱花瓣儿
有相同的境遇

如果可以遗忘
——毕业季

那些年没说出的话
注定一辈子都不会说
沉默如石头，翻滚在激情洋溢的夏季

那天没喊出的再见
被岁月折叠
轻放于我们擦肩而过的食堂一角

或许只是幻听，熟悉的名字
脆生生，如弦崩断

不敢回头认领

于是僵着脖子许多年
假装忘却，在梦里
那个一直想要碰碰手的白衣少年

爱情懵懂，已无迹可寻
却像胸口一颗朱砂痣，直指
心痛的方向

卢圣虎

珞珈的银杏树

银杏属于秋，不属于任何一个人
它属于我，属于缠绕的那些巨木之间

我只能想象它金黄繁盛的样子
当我遗憾，错过落叶也金黄的秋
那天如果有不分彼此的合抱
请空出一环，我是其中一节

一九九六

那一年，樱花开得很艳
我以她为背景照了很多合影
错过了寒梅，桂花香已等不到了
唯有痴念青黛与素粉的缠绵

歌声四散。啤酒彻夜醉倒
泪水是送别也是祝福
兄弟们奔向四面八方的火车
盛夏里到处是果实和不知所踪的拥抱

以为是抵达的起始，其实是漂泊的续篇

以为自强可以独放，不知弘毅积于辗转
以为离别短暂，其实重逢何其漫长
以为光彩流溢，不知光芒闪于苍穹

那一年，樱花谢得很慢
我的信札等待爱语很长很长
珞珈容得下樱桂梅枫
人生阅不尽春夏秋冬

故地重游

樱花盛放，艳美一枚青果
想象夜雨里的秘密
痛惜悬满枝头
人流如织的光阴多么短暂
不如听一首楼顶情歌
在寂静的山楂树下私语
或者重提才子暗送玫瑰的故事
唏嘘历史也唏嘘自己

当我搜索那些下落不明的月光
在江轮里点燃青春焰火
给同渡的每一个人，凝视
不知所思的你和滚滚的浪花
不能无动于衷，不能不留恋
那不可复制的绚丽
以及和你同行的感激

叶 政

这世界，有那么一群人

有那么一群人，悄无声息
默默耕耘，在各自的地方闪闪发亮

一声呼唤，迅速集结一起
我不禁感叹，那么一群人的力量——
有智慧、有勇气，也有担当
从世界各地汇集，像南飞的雁子
穿过高山和海洋，飞向远方

这世界，有那么一群人
哒哒的马蹄，扣响在珞珈山上
把曾经的热血和青春找回
还是那么一群人，把自己变成一束光
照亮山山水水，照亮求知的脸庞
照亮珞珈、樱花盛开的地方

哦！这世界，有那么一群人
变成了一束光，默默把祖国山河点亮

叶橹

珞珈樱花

曾经的珞珈樱花
是我心灵空间长驻的意象
它时而绽放在枝头
时而飘落在寂寞的地面
难以忘却的
是它那种雪白的宁静
是它那种潇洒的坦荡

多年以后的我
把一切淡忘在心灵深处
同时失却了纯真和坚执
当我重新在以斋字命名的宿舍楼下
举头仰望那些排列着的樱花树
不禁为它们的坚执与守望而内心愧疚

许多岁月悄然逝去
当下樱花盛开季节的人头攒动
已非昔日的宁静与坦荡
樱花有知
也会在时代变迁中沉思吗

叶圣陶

贺　诗

当年西徙寓嘉州，我亦相从二载留。
此日七旬逢校庆，珞珈南望祝千秋。

田伟

远在记忆之外

你在远处，记忆在更远处
（而我，一直在远处看着你）

如果为了想你，用不着照片
如果为了慰藉，闭起双眼就行
（而我，一直在你的城堡里）

樱花雨，情人坡
月凉如水，越想越迷
枫树红，梅花开
雪落无声，越想越痴
（而我，常常穿越四季，忽现忽隐）

想念你的想念
不是银装素裹
不是樱云烂漫
不是荷舞湖滨
不是秋林尽染
是自在，是空寂
仿如传说，而不可说
（而我，如旧时明月，遥挂在玉门关外）

一叶入扁舟，相遇于心海，不语天涯
牵手于青葱，分别于时光，一骑红尘
（而我，挂在那时衣襟上的青春，倏忽已然百年）

一瓣落英就是一滴眼泪
一滴眼泪就是一地烟火
散落的思念不懂喧哗
念一次，流一次
流一次，了一次
（而我，了无可了）

然后无尽，然后寂灭
铅华洗尽，半世从容

丛戎

如果我是一朵樱花

风吹樱落。纷扬的花瓣
像雪，洒满樱花大道
我坐在樱顶，看夕阳西下
老斋舍的琉璃红窗
默默无言，沉淀着光阴

放眼望远，山峦叠翠
飞檐碧瓦掩映其间
图书馆、行政楼、半山庐
中西合璧古色古香
晚霞余晖里更显端庄

如果我是一朵樱花
一定要开在珞珈山上
日观镜湖枕麓清波拍岸
夜赏明月清辉苍穹无色
山水一程，三生有幸

如果我是一朵樱花
一定要开在樱花大道
近观花海人潮川流不息
远闻书墨飘香尽染芬芳
匆匆一世，飘零无憾

冯从善

同窗聚会

萍水相逢喜有缘，如歌岁月忆当年。
人生起步同规划，学海求知共讨研。
朝夕不离磨铁砚，风华正茂说明天。
名山名水钟灵处，永结金兰友谊传。

珞珈一别久西东，虎跃龙腾各展雄。
搏雨搏风留灿烂，为家为国建勋功。
几回梦里期重聚，此日席前庆再逢。
美酒同斟杯一盏，明朝赶路好乘风。

任毅

珞珈初冬

暮色虔诚爬满山脊
夜空如你青色挑檐的翅膀
我们曾经的故乡
随时光滚滚向前的城市
你是我们的节日
像水中倒映的星星

时间中洞开的山门
街道口朝向轻柔的往昔
晨雾氤氲的东湖
映照我玄字斋的窗台
被听成一首诗的城市
拥有洁白雪光的山水

冬雨淅沥的松柏
空阔而繁忙的图书馆
馨香的书架显得那么遥远
我穿越你的森林与白昼
足迹印入一道道幽深的小路
每一个瞬间跨越三千里江山

在混沌的迷宫里
嗅出春风的气息
和桃花温馨的浪漫
杏雨飘零的清香，我辨别着
模糊的年轮，东湖边的梧桐
枯老的藤蔓里有奔腾的骨血

孤独的日光赐福寂静的樱园
一粒行星上洁白地安放着
凸凹的高山与大海
从太平洋西岸遥远的澳角
从一间石头房子里我梦见了你
长江之滨大寒时节的梅花朵朵

华姿

珞珈山的树

不是树变黄了
是光来到了树上。
一棵树，往往比一个人
更能经受世间的考验。
它在那里，一直在那里，像
人一样伫立，却无需向谁屈膝。
这个秋天意味深长。那些
只向真理低头的人此刻在哪里？
黄色意味着完成，可桐叶
在触地的刹那，还是颤栗了一下。
草木总是隐忍的，鼓噪的终是人类
今日今时，那试图给黑暗镀金的
可知光已来到世上？
悬铃木满枝的悬铃此时
正在风中晃荡，那被
夏日的繁枝茂叶所掩盖的
到了秋冬，没有不显露出来的。

三月三十日，夜游武大有感

露珠即将凝结。
花枝摇荡时，碎月光跳跃着
恰如一群闹春的蜂雀。
枝头的花，每一朵都似
一个闪亮的字，或词
在这春夜发光的，原来并非只有
你的眼睛，和天上的星月。

我全部的青春，已随昨日逝去。
四季诞生、循环，也并非新事。

春夜如此蓬勃。
周而复始中，这月光下的生命
仿佛并无期限。
此时，我就是一只瓢虫
在这朵樱花的背面流连。
灵魂因樱花而纯洁。
但我一回眸，就
望见了凋零，有如飘雪

向新阳

聚散珞珈长相忆

暮山凝，秋水咽，汽笛一声长恨别。
塞北天涯参商隔，南溟海角阴阳绝。
叹流年风雨费蹉跎，问人生孤旅谁与约？
冷暖安危自相持，冬夏春秋知时节。
相逢除非醉梦中，往来唯有心交结。

心交结，情真切，同忆青春好岁月：
抢修公路勤耦耕，快运秋粮炼钢铁；
丹水池畔呼声急，天门小庙难眠夜。
惊回首，重检阅，肯将圹锾值学业？
攻坚克难齐奋进，学海行舟不停歇；
谁道人生无再少？誓将雄心挽日月！

再聚首，情尤怯：
视也茫茫鬓飞霜，青春年少皆耄耋。
难诉衷肠都几许，怀抱柔肠心欲裂。
勿销魂，莫悲切：
极目孤鸿独凭栏，今朝相逢又相别；
且待来年菊满头，再显老健为人杰。
人依旧，情更烈：
聚散珞珈长相忆，何惧人世阴晴缺？
贫贱富贵莫相违，三无三乐任穿越。

踏雪寻梅忆珞珈

梅妻知何处？寻觅向孤山。

雪漫空山静，霜冷虬枝悬。

啜饮暗香暖，弄抚疏影寒。

众芳皆摇落，一枝须独看。

岭梅窥幽径，螺髻映微澜。

蓬莱惊绿萼，五色绣梅园。

宋女尚奇异，款款竞纷繁。

冰姿皆绰约，春意更盎然。

千古林处士，相守又经年。

梅屿钟神韵，遗我珞珈山。

刘晖

秋　山

远山无石，远水无波。
直到现在，
我才拥有这样的目光。

那时，珞珈山上每一块石头都是具体的。
有的像龙，带着鳞甲，
从线装书中穿出。
有的如虎，蹲踞在水边，对视着寻找它的人。
那飞鸟状的石头，
任我怎么召唤，也不会回来。

多少次，我爬上铁塔，看着那些色块咬在一起，
如嘴角的细纹，如抽搐的微笑，如脊椎中一直抵抗的寒冷。
每一块石头都属于命运。
仿佛冷雨也是一把琴，
冲刷着自己。

风猛烈地摇晃着树木，
也摇晃着我，
要我回答：山水是什么，山河又是什么。
多少个风雨之夕，

颠簸在这样的问题当中。

并非没有霞光燃烧，点燃一层层的树叶。
并非没有日光，轻溅在我的身上。

有多少个午夜，我独自一人，
穿过历史的岔道，拨开荆棘，踩着哗哗直响的落叶，
只为看看，那从乱枝中乍现的月亮，
东湖潋滟的波光。

要经过什么，才能见山是山，见水是水？
下一课的铃声，
在秋日的雾气中震颤。

樱　花

天使的面孔，茫然地坠落。
无须云、流水、火焰还有樱花，我就知道
一生藏在一根刺中。
命运正如大海，裹挟着记忆、悲伤和雨水，
没有人明白樱花的一生，
即使他从枝头看见了逗弄，
从泥土体会出喉咙中的寒冷。
漫天的樱花从夜晚挣扎出来，仿佛
要告诉那个曾经的少年：
美就是这样的尖锐。

刘予丰

珞珈，我们那匆匆的年华

我爱珞珈
爱那些樱花般散落于斯的
斑斓的梦想
缤纷的年华

迎新季
那不知疲倦的知了
是乐队演奏热情的小喇叭
那八仙过海竞相争艳的招贴
是学长们满脸稚气夸张着色彩的涂鸦
那凌空舒展浓荫夹道的悬铃木
骄傲地展示
岁月检阅的仪仗队
器宇轩昂，高大挺拔
而旗帜啊
是学姐们在初秋的风中扬起的长发
是那些带着浅浅酒窝的青春笑脸
未思倾城，笑靥如花

忘不了初进珞珈
我们透过山林的阳光

向着世界的眺望
那初生牛犊的懵懂
那顾盼自雄的豪情
在深秋金黄的银杏中向远方铺展
未来尽在手中
世界就在脚下

东湖之滨
那晨曦中伴着春寒的奔跑
有我们青春的挥洒
珞珈山麓
那黄昏中弥漫着桂香的沉思
有我们少年维特式的迷惑
樱花丛中
那装腔作势的黑白照
记录了我们曾经的羞涩
十八栋下
那些对先贤的凭吊
沉淀了师长们深情的教诲与嘱托
也沉淀了我们
曾经的攀爬与长大

那些梧桐飞絮里无语的感伤
那些栀子花开时朦胧的向往
那些芳草地上的追逐与呼喊
那些琉璃屋宇下的静思与凭窗

那一场春天深处
莫名悸动的甜美初恋
那一次秋尽江南
追着天边大雁的无边遐想
甚至某次寒夜卧谈
某位朴实木讷的室友
突然色情的喧哗
所有那些
所有那些如草帽歌一样迷失在山谷的
我们那匆匆的年华
最后都定格在
情人坡，那长长的告别
老牌坊，那豪迈的出发
定格成一张看不够的
永远的老照片
定格成某个冬日午后
洒满阳光的草坪上暖暖的回忆
或者
雪夜火炉边讲给儿孙们的伤感故事
哦
那时的我们
那时的珞珈

今天
我们那匆匆的年华
在自然的四季里

已慢慢对焦
重合为生命的四季
于是
我们像珞珈那些山树的年轮
多了皱纹　白发

可否找回
当年珞珈的山雨中
那些被淋湿的最初的眺望
那些不再能出席的
我们当年的青春啊
从岁月的那一头
在暗黑的帷幕中
怔怔地望着我们
没有应答

刘永济

鹧鸪天

随武汉大学复员回武昌，彦威书来问近状，赋此代柬

取次穷愁不放饶，年来潘鬓自然凋。闲情未愿为明烛，微命
从知寄折苕。

天地外，一蓬飘，楚歌何处木兰桡。重来江介悲风地，卧听
东南日夜潮。

刘西尧

赠 母 校

珞珈灵气郁葱葱，
浩荡东湖一望中。
几度人间经巨变，
依然桃李映天红。

（1994.11）

赠武汉大学附属中学八十校庆

东湖山水钟灵秀，
一代新人哺育中。
八十春秋桃李茂，
且看跨纪更飞鸿。

台湾罗警华校友返母校，赋诗以赠

阔别云天丁丑年，[①]
从戎未料往生还；
珞珈回首同仇日，[②]
两岸连根盼月圆。

①我于 1937 年 11 月离校。
②当时我们虽各有政治背景，但一起参加了抗日救亡活动。

刘自玉

水调歌头·珞珈有感

籁籁问樽酒，无奈落花流。便成魂断相望，哀叶抚清秋。遁迹东湖信步，但恐无人心语，解我梦中愁。俯仰老斋舍，长叹万林楼。

檀奴容，庾郎老，已成休。韶华终去，君莫空负少年头。金谷人稀饮散，陌上铜驼难觅，往事岂悠悠。相会珞珈日，狂客驾云舟。

刘怀俊

一剪梅·鲲鹏广场

冥北鲲鹏落此间，沉静千年，灵睿博渊。
轻舒金翅九霄旋，击浪滔天，鸣振人寰。
鸟瞰珞珈智慧园，典海籍山，师圣学贤。
精培俊彦百十千，立地擎天，梁栋扛肩。

刘林云

长江流经南方

鹦鹉洲长满了翠绿的封条。树丛两旁
只要一开启，春天就将自长江的肺腑中
涌起。可现在已是秋天。
南方，少落木。
那些被反复打听的飞檐，比黄鹤楼的阳光
和游人更像尚未失传的古典乐。
你还爱她吗？长江流经南方。

"但这座城市患染了太多的雨。"
快容不下寒冷的野心了，迟早会曝光
我们的冬天，如磨山上长满青苔的石子。
持续变得透明、金黄，更多的空气安静下来；
南方，十月有一千种命运值得召唤。
它们成长的过程带着残忍的爱意，
使同在异乡为异客的我们
刻意把"无边落木"想象成晴川阁内
一些曾经反复播放过的情节。
沙沙沙，沙沙沙——
你还爱她吗？水边旋转的人。

她无比心疼自己的秋天，仿佛这些植物

随时都可能变身成此生相遇的
同时秉受苦难与幸福的陌路之人，
缱绻地将她拥入怀里。
像旧历史般，西风翻过我被潇潇暮雨
逐渐打湿的秋天：东湖绿道
一串儿记忆如此瘦小。
偌大的湖水也仿若一只绿孔雀，
在时间的高低音区舞步。

她走得很慢——
"镜中悬浮的我，当时那么精美，又脆弱。"
抱紧这一季为雨水淘洗的光景，
在十月的最后一天，南方。
一些淋漓的景物因此而记住了我们，
为了适应生命中新的变声期，
以及珞珈山中更多丰盈的时刻。
所以，你是有多么专注地爱着她啊！

绝　句

樱花：风的居室。派信人携筑梦师而往；
因而得以在春晓竣工，确知枯荣的世界与真相。

透明的节日，为鸟鸣所擦拭。远游者尽皆安全抵达——
如候鸟身染一年一度的瘾，她也深陷于那些被反复照亮的地方。

鉴湖，或关于花的想象

因为绽放出透明的水深，
我们是她瓣口的火与云。

图书馆：拾掇一些琐屑的
心情，从经验之塔抽身，
试图缤纷进她未开磨的入口。
在归隐于地面的低空行走，
我们身体的异域，汁液涨伏
半醉的酒，她呈摇曳的褭娜。
正如整个校园茂盛的清谈，
鉴湖为灿烂的空气所叙述；
最初思维成形如花蕾，共享
无数片涟漪飞翔中的修辞术。

谁该比谁的抉择更深刻些——
学府路，文体路？小树林
通通为葱郁的嫩臂所高举。
矗立枝头，她布满彩虹之歌
是掠过的鸟羽，新加冕的风景。
红尘多歧路。复数的游荡者
不轻易感动于露水湿冷的泪腺。
恍若光明中闭眼，要用黑暗去紧盯

一柄剑状的花茎，刺向你
她的深意对应了此湖傲岸的须脉。

滂沱的暮光浇筑在栏杆上，
填充着我们尚未退尽的鳃口，
仿佛她含蓄的蕊，一点点光复了
观光客们凶年的巴比伦之心。
借助她伸出的灯盏，镜头也闪入
樱花大道，或珞珈山花坛的
遗址。结束了蜂围蝶阵式游赏，
时间水尺从更细节处捕获茜色花纹。
你看，柔光的湖面半含轻微的美！
所有身体正欲释放出渐化的灵魂。

先于我们而存在着。却已然浊身。
沉鱼。新荷。落木。以及逃逸的
喷泉：我们都只是被赋予的一部分。
她的吐纳鲜活在桃花源呼吸的倒影，
一枝独秀，稀释进中夜的风与流星。
试图靠近她，穿过漫天云母
随雪白之舞而降：雨游走在幻想中，
怀揣大珠小珠落玉盘的喻格。
思绪如鸟，悬空之物。这也意味着
关于花谢的想象才可以是一面镜子。

雨季久远，褪色的湖水泛白

消瘦着永恒而短暂的秋冬时节。
不知道它是否还有足够的蜜
与婉言，去撷取万物流转之一瞬。
用指骨、牙尖，把章句修刻在脸上
抒情的地表根系里，以致
尘埃也因最后的花冠而再次闪亮。
提醒我或谁，得尽快瘦下来；抵达
下个雨季，变得更像叶绿体
或者南方一只清澈的眼。

看见消逝的她不再破碎，
夜汗漫得使人捐弃赞美。

刘继成

毕业廿年同学会

共醉天方晚，孤征泪欲潸。
寒窗望眼里，母校挂心间。
枫叶飘一路，樱花开半山。
珞珈存本色，谈笑凯歌还。

临江仙·樱花时节重返母校

长忆梅园和月饮，轻狂满座豪英。文章天下乱批评。杯空人
不见，湖畔踏歌行。

到底风流云散久，天涯一梦春樱。千山何似珞珈青？花开仍
静好，笑泪向新声。

长相思·毕业廿五年香山雅集留别学友

老在前，小在前，家国风尘照不眠。珞珈萦梦间。
富有缘，贵有缘，何似同窗手一牵？白头还少年。

刘康颖

凌波门观水

我来灌足、来潜水的厚度并夕阳下
水底的潮湿的厚度，精巧碎裂的流动绸缎
如果我起身吧，下雨吧你说我能摸见
的铁锈在珞珈山的水塔中潜水
我来大雨的青石、来水下盘旋的火焰
从许多日子里翻涌潮水和泡沫
铁锈之锈让墙壁空旷后临波涛摄影
所以我的青瓦和蜡在阳光下融化
我来窗檐张望，事情不断消磨却从不低垂
我咬破水竹向诗求问，连同心中旧爱
如果我起身吧，湿润的足迹
你说我坐在泛红的岛屿

樱顶之别

如果明月皎皎，漫长的道别如果在
阳光明媚，我想到月台的句读
不，不，在樱顶说给我吧
如果明月皎皎？我吐纳的空气被你
亲吻至谢，谁的面容能像一段

冰冷的园林
清脆的年份我正循复着这样的节奏
可我将在哀愁的风暴中度过些许月份
如果明月皎皎变得淡和苦涩
正像池中的荷花
度过夏日的沼泽
结出莲子将我剥开的如此缓慢和鱼鳞
游弋在天中了我看见你
黑瀑的发丝和失去比喻的泪水

梦珞珈山水塔

那天东山降大雪，我从旧日来赏
走进塔中潜水，更衣，擦拭皮肤
它们都冻住了
孔雀瓦雪藏沉默的诉说，日复一日
我惦念着季节的变换，我等不到旱季
雪花洋洋洒洒落进东山
我按节奏叩响铜绿的门，按住潜藏的梦境
从西山的一面墙到另一面而
我一面潜水，更衣，擦拭皮肤
如果冷，风从塔顶的洞口飒飒飘来
如果我看不见云，我就等
东山苍翠，草木的灰烬等大雪落下
珞珈山人来砌起了孔雀瓦

刘鲁颂

毕业季感怀

人生聚散总怀嗟，
唯有斯年成梦耶。
鸥鹭将飞频唱和，
兰舟欲渡忍离别。
举杯齐饮酒中泪，
执手同登云上阶。
拂去浮尘三万夜，
珞珈二字是心诀。

樱　园

难忘长阶入岭深，
浅红一带绕初春。
经风骤落乱心雨，
映月薄飘迷志云。
光镜聚焦倚树客，
露台漫坐看花人。
当年书信若还在，
字里犹留圆瓣痕。

孙俊

致 珞 珈

——2009 为大学毕业 20 年而作

当年走近你，
我羞涩，天真，
你的世界
让我好惊奇。
老斋舍长长的石阶
是不是通向知识殿堂的天梯？
理学院层层叠叠的琉璃瓦
可藏着历史的奥秘？

当初离开你，
我年轻，坚定。
我的行囊里夹着三月落花
十月的银杏叶。
仿佛看完你的四季
我把幼稚的背影
留给了你，
兴冲冲
奔向一个纷繁的未来。

当我忆起你，

如春风拂面。
在忙碌的尘世，
你是我洒脱的梦境。
在喧嚣的市井，
你是我宁静的心田。
在混浊的欲求下，
你是一汪透彻的清泉。
梅的傲骨
桂的芬芳
伴我度过风雨飘摇的时光。

如今我重回你的怀抱，
青山依旧
湖水长流
我已非故我。
不想告诉你
我的故事，
面对你百年的沧桑，
我的一切太少太小，
我只是你长长花名册上的几个汉字，
你却成为我的唯一——
我的大学，
我的珞珈。

孙雪

又见梧桐黄

老斋舍的台阶伸向天空，云彩包裹中的珞珈讲坛总有光芒
闪闪。

秋日又黄了梧桐林，群凤归巢，多亏引凤人守望如初。

高点不过是另一个起点，看清真相后，奔忙如常恰似热爱。

每一个心碎都曾装满苛求，绝望后仰头，阳光正好。

看那立于大地的杆，活成四季的朋友，绿了黄，黄了绿。

只是人生又少了一年，一根白发在等一场雪来。

秋风冷，衰草寒，半百的胸中热血仍热，奔腾向冬。

聚成团，擂响鼓，与时间决战，是输是赢都无妨。

珞珈梦的仪式浩荡，每个人都赐有标签，顶天立地。

长空湛蓝，是风清，东湖沉静，是水纯，一个名字响亮。

来此，别过也是师兄妹，用生命记录年轮，待历史裁决。

千秋之后，此山此水依然，叩拜之声，书香之气，在此。

一树樱花，终于珞珈山

睁开花蕊，千万只眼睛在翘盼，惊慌了天空和飞鸟
远远的清香牵引，近近的屏息凝视，乱了分寸乱了心跳

粉，只是粉，还是粉，美到让人震颤和无语，又如何
谁听懂了一年一季的情话，一串疑问拖住脚步，且行且停

顶着类似的脸，叉着双脚，人影从一头流动到另一头
眼神跟着猫蹿上蹿下，见到对视转瞬逃匿，打探也是侵犯

城堡里住着故事和月光，诗句日夜澎湃，拾级而上
漫上樱顶，渡大家，渡学子，渡古今，渡一席珞珈讲坛

不必扣住春风，锁定春光，搅动春思，随意，卧枝而笑
一支枯笔写尽今生过往，回首处，一顿一挫行云流水

一树樱花，始于浪漫，终于珞珈山，活成了一回自己
不问安身立命，不问绝世惊艳，心归尘，梦归土，可否

那年，苹果青青

记忆的深洞通向哪里

一颗心跳动，如灯，闪回

那年悠悠长长，只有白昼在折叠

眼波清清，流动，流动，树和草的叶，碧碧

青青的苹果园悬挂着小小的果实

风不在意，园丁们穿梭，兴奋而怅惘

笔记本上一页页写上思念和祝福

看着全班的黑脑袋集中在一张照片里

这个，那个，傻笑，装深沉

天空高远，分别很甜很美很闹很干脆

总想奔跑呀，跑出人生的第一名

流汗，流泪，流血，留在脸上的皱褶深处

没有最好的人生，苹果红透是因为时间

回望那年，风轻轻，苹果青青，园丁亲亲

站在这一头，和每一个脚印挥手，泪流满面

还有前方，还有诗，还有下一程的奔跑

孙宝国

入校 50 周年聚会纪念有感

悠悠五十大梦醒，
世殊事异性空灵。
回眸一瞥云消散，
苍穹渺渺月如银。
魂牵萦绕东湖水，
夜深常闻子规鸣。
珞珈情愫深深远，
古稀相聚鬓霜痕。
纵有千言万语叙，
此时无声胜有声。
人生若有来世现，
希冀再续同窗情。

苏春梅

不说再见

老斋舍石阶上的坑洼
封刻了四时的秩轮
泛黄的书籍
砌出这厚重的黉宫
耳畔的呢喃，郎朗如惊雷
将珞珈二字轰入脊髓，直至
和每个毛孔共生

是谁的讲坛，如风炮般
将茅塞疏通
让自强的魂灵
在年轻的躯体中，不羁
尔后弘毅。

是谁的风华，如光怪的漩涡
一次次令人堕入魔魇
那覆着轻纱的晕轮
是咀嚼青春的味道

再踏一段求是路呀
再走一次樱花大道吧

看，梧桐树上最后一片枯叶
在空荡的树枝上，无声告别

出走半生的少年啊
一定对这山水，爱得深沉
她文字里的每个符号
都倔强着不说再见

苏雪林

戏赠本级诸同学歌

国学人才号渊薮，我来幸与群贤遘。
左手已拍洪虚肩，右手还挹浮邱袖。
冯衍才气众所摄，显志赋成修名立。
蠹鱼三世食仙书，天府十年窥秘笈。
穷年著述专且勤，伏案往往忘晦明。
兰苕翡翠务新清，碧海长鲸有谁是。
诸君饱饫新学理，创造文化从今始。
化将腐朽为神奇，披露精光去渣滓。
新潮勃涌廿世纪，祝君奋斗莫中止。

杜温

爱的纪念

一生的日子堆积如山
而生命的花季只有一次
每当鲜花绽放的时节
我就悄悄地走到窗前
让思念的候鸟放飞
只留着记忆在甜甜的梦里轻眠

我离开的地方
是一个美丽的国度
那高耸入云的佛塔
那和着海风的节奏
轻轻摇曳的风铃
还有四月泼水节
人们追逐嬉戏的场面
时时撩起几缕淡淡的乡愁

我来到的地方
是一个古老的国度
五千年的文明
五千年的沧桑
五千年关于黄河、长江的传说

仿佛一支幽远的赞歌
总是唱起我心中无限的渴望

我是长江的女儿
我的血脉里注定流淌着她
滚烫的河水
无论命运的小舟
把我抛向何方
我愿做一只不屈的羽燕
沿着她划过的天空高傲地飞翔

我来的时候
挥手告别南方的雨季
母亲流着泪水
在旅途，为我串一路无言的祝福

我走的时候
心中装满北国的霜雪
往事撑起绿荫
在远方，为我叠一道灿烂的风景

远去了
珞珈山的红叶
白云黄鹤的故乡
思念你时我不再忧伤

杜长征

再忆珞珈

相看从不厌，
相别更年年。
相会无从诉，
相怀山外山。

杜昊淳

大草坪之短章

从没有过
秋湖水面上那样的波纹
在这片偌大的铺展之上
可它依旧带着律动活着
如同一台空转多年的缝纫机

斜斜的日光反复贯穿
在你积郁的背面系扣成结
落叶与噪鹛便不再重要了

而湖水在山的另一侧荡着
又是一整个夜晚的心事
与下一个日出后更加深厚的
草的集合

居民楼顶的鸽

雨连着一天天，群聚在草坪
斑鸠们的羽再没有干过
他们一再埋怨着雨天树下——
可是，你们觉得，还是那种眼前
带着雨的世界被细细密密、清楚地划分的感觉
更难消瘦。相对无言，僵持似这冷暖
该死的江淮准静止锋

所以你们等不及羽间湿气散去，等不及
阳光触碰，无意识地化为风
（男人出现了，在原本堆排
绿色玻璃瓶的地方，敲击铁皮）
——你们必须于日落前
归来。并总会因此想起
自己从未看到过星空和月亮

今夜月朗星稀的消息会由谁捎去
我听见，空气中你们嗅到了气温回暖的迹象

李浔

在珞珈山

许多事都和家乡无关
譬如，在武大读外语的女孩
还有漂洋过海的樱花树
她们都有秘而不宣的心思。
走在这样的樱花大道上
还是说说三月的单词吧
青葱。洁白。这是一个连续性的赞美词。
有樱花树的地方，女人都有一双纤细的手，
挑三拣四，总是在寻找美的来历。

我是个粗心的人，一片二片三片
我还没有集中精力，它就开了。
美，可不可以依靠？美会不会长大？
美女的手始终承受不起这么沉重的问题。

樱花树开着白白的花、结满了小小的果、说着小小的秘密，
谁还有秘密？可惜口太小，说不出太大的往事。
可惜，我是个慢热的人
一片二片三片，我刚喜欢上它，它已走了。
我曾看见的朗朗上口的外语系女生
已在樱花树下悄悄长大。

李浩

一个人

从珞珈山上下来，走在人群中的人
他脚下的碎石小路，路上的台阶，

台阶旁边的房屋，房屋身后的树木，
珞珈山、防空洞、浪淘石、墓园、空气，

都被一个人淹没了，寂静便是夜空。
我的马路、我的鸟鸣、我的书籍，

我的村庄、我和我眼中的黑草莓，
我那山坡上的红豆，都被一个人淹没了。

难道那是雪中的鸽子？我来到湖边，
我走进我的里面，站在我这个点上，

带着他的思想和身体，以及一种神秘，
归向任何他想要的山楂，还有泥、沙。

李强

勿忘在蜀

勿忘在蜀

勿忘乐山

勿忘文庙、大渡河、第八宿舍

勿忘乌云滚滚电闪雷鸣国土沦丧

如何分前线与后方

勿忘这边战士捐躯那边书生报国

一样的辛酸与悲壮

勿忘饥肠辘辘中的朗朗书声

勿忘无边黑暗里的微弱星光

勿忘君子报仇十年不晚

勿忘天将降大任于斯人也

先贤们也曾中流击楫闻鸡起舞流血牺牲

看呐，看吧

先贤们前赴后继的呐喊与奋斗

终于将东方巨龙唤醒

勿忘在蜀

勿忘八年山河岁月

十四年苦难辉煌

勿忘松花江上、太行山上

勿忘复兴尚未成功同志仍需努力

勿忘一张张宛如隔世

清晰亲切的黑白照

先贤们忘我劳动创造并且微笑

先贤们眼睛睁得大大的

仿佛看穿了不可一世的

乌云滚滚与电闪雷鸣

仿佛聚焦于八十年后的彩色世界

聚焦于他们肖与不肖子孙

如何学如何思如何行

如何安顿好自己的一生

秋之珞珈

真好

该走的走了

该来的来了

赤橙黄绿青蓝紫

各有各的欢喜

真好

老斋舍迎来了新主人

一本新书翻开了第一页

一首新诗写下了第一句

真好

凌波门云淡风轻
门内的大学
有安静的书桌
门外的武汉
已凤凰涅槃

李越

今日之教授生活

——观关山月同题画作，纪念武汉大学西迁乐山80周年

轰炸暗影笼罩的下午

思想愈发疯长，从函数曲线的艰深谷底

爬升。一个优美的弧。

圆形灶台，铁锅脑仁里蒸着数集

元素的米粒彼此紧挨

法则充盈周天。谁能捉住此变？

菜篮中，白菜垂髫，涌如云瀑

众柴张口，嗷嗷待哺

像在为日渐深重的痛苦呻吟匹配口型

砍柴刀怀揣劈柴声的高峰和低谷

又一个函数。万物皆有所示。

而他口中烟斗，仍保持一个巨大的问号

以袅袅烟气持续发问

柴火棍划地演算，思考鼓点愈益密匝

一旁猫咪脊背的轮廓

不时为他展示出美妙变换的函数曲线

（2018. 9. 20）

李少君

珞珈美学课

在珞珈山，秋色一定是最好的美学课
满山的枫红、菊黄、桂香和梧桐叶声
东湖大面积碧绿湖面发散出来的意境
与辽阔楚天间的淡淡云影相互映衬
这秋之韵律是青春期生动的诗意启蒙

秋日里宜读杜甫，又凄凉又美丽
刚刚叹息"听猿实下三声泪"，接着
"请看石上藤萝月，已映洲前芦荻花"
前句"五更鼓角声悲壮"何其凄楚
后句"三峡星河影摇动"又何其壮丽
凄凉的是现实人间，美丽的是风景心情
唯自然以美安慰着衰老孤独执着的老杜

在乐山，朱光潜上过一堂经典的美学课
当院子里堆满枯叶，学生好意为之打扫时
先生阻止，"我等了好久才存了这么多层落叶
晚上看书可以听见雨落下来、风卷起的声音
这比读许多秋天境界的诗更为生动、深刻"
这"不到最后一刻，弦歌不辍"的乐观气概
正是那艰难多事之秋里民族昂扬的大风歌

115

这一战地形象永恒，这一弦歌不辍至今
作为学生，我早已耳濡目染铭记于心
杏花春雨，骏马秋风，乃至荒天险境
年过半百的我对美有了更多体味沉思
但情怀天地豪气仍存，珞珈精神气贯长虹

【附注】台湾作家齐邦媛在《巨流河》一书里记载：抗战末期，学生们正在背诵雪莱的《云雀之歌》和济慈的《夜莺颂》时，武汉大学校长王星拱突然把师生们召集到乐山校区文庙广场，宣布战事失利，日军有可能进犯四川，"我们已经艰难地撑了八年，绝没有放弃的一天，大家都要尽各人的力，不到最后一刻，弦歌不辍"。朱光潜先生的故事亦摘自本书。

珞珈山的秋色

珞珈山是一个自然美的立体博物馆
我认为，这个博物馆最值得收藏的
是珞珈山的秋色

枫红，菊黄，桂香，满地落叶
以及东湖边草丛的一泓深绿
珞珈山顶的一朵白云一片蔚蓝
都应该制作成一个个精致的样本
永久地存放于博物馆最醒目的位置

珞珈山的樱花

樱花是春天的一缕缕魂魄吗？
冬眠雪藏，春光略露些许
樱花一瓣一瓣地应和开放
艳美而迷幻，音乐响起
万物在珞珈山上依次惊醒复活

珞珈山供着樱花如供养一位公主
绿色宫殿里，唯伊最为美丽
娇宠而任性，霸占全部灿烂与光彩
迷茫往事如梦消逝，樱花之美
闪电一样照亮在初春的明丽的天幕

珞珈山上，每一次樱花的盛开
仿佛一个隆重的春之加冕礼
樱花绚丽而脆弱，仿佛青春
年复一年地膜拜樱花即膜拜青春
春风主导的仪式里，伤害亦易遗忘

偶遇风或雨，樱花转瞬香消玉殒
一片一片落樱，飞舞游荡如魂
萦绕于每一条小径每一记忆角落
珞珈山间曾经或深或浅的迷恋者
因此魂不守舍，因此不时幽暗招魂

李立屏

秋之珞珈

每年十月，珞珈山最先醉的
总是桂花
然后才是银杏、枫、梧桐树
而我，和老斋舍的红窗户
这么多年来，就一直没有醒过
梅也要到深冬才迟迟
笑一次

无论朝霞薄雾，还是夕阳暮霭
这里的一年四季
都宛如仙境
她身体里的樱花，是短暂、凄美的
但她孕育出的秋天很长
长到连黄鹂路过
也心心念念，久久不忘

珞珈樱花

每年三月
珞珈无需月光
樱花总能如约而至
照亮樱顶
青砖，绿瓦，红窗

繁花似锦，游人如潮
一年最美的风景
总是从古老的台阶，起伏的山林
跳出来，拉开序幕

从明年开始
我不再计算花期
就做一株迎春
扎根情人坡上
和她一起幸福开放
和她一起快乐飘零

李进才

瞻仰张之洞先生铜像感赋

日出天高暖意盈，湖滨漫步好温馨。
忽惊塑像林间立，骤起钦仪心底生。
洋务掀潮创业绩，学堂兴建耸黉宫。
千秋功过谁能说，淘尽沉沙史作评。

江城子·中文系五七级老同学聚会珞珈山

联欢晚会约良辰。奏琴频，会知音。回首光阴，何乃太星奔。
四十年来无怨悔，争奉献，勿求闻。

天南地北远相询。历艰辛，志凌云。往事萦怀，几度忆芳晨。
今日珞珈花弄影，重聚首，更相亲。

（1997.5 于珞珈山）

李远谋

最美的校园，我们的武大

你的美
绝对是一见倾心
再见沦陷，一生一世

如果让我，选择一个
最喜欢的季节回来
我会不知所措
因为我爱你的春、夏、秋、冬
如果再问，想最先走近哪里
我同样茫然
因为我想亲近你的全部

春天的樱花大道
那是全世界的最爱
美若天仙的樱花树
让三月的母校，一夜之间
成为国人争相幽约的情人

三月的武大是读不了书的
那纷纷飘洒的樱花雨
落满衣襟，落满地上

也落得我的心扉纷乱如麻

多想能将一朵洁白的花儿

插到樱花城堡里的一位公主头上

夏天的酷热算不得什么

校园古木参天，绿荫如盖

如果还不能消解你的心烦神躁

去鉴湖边走走吧

那里的一池莲花正灼灼夭夭

兴许你能想起徐志摩的"沙扬娜拉"

仲夏夜更是迷人

作业做完可去情人坡吹吹风

但小心不要踩到树丛后的双双对对

如果一时没有合适的人牵手

换个地方去凌波门栈桥吧

那里的一湖星月也足慰情思

秋天的武大你不能说它是一个大学

它是一个童话

迎着丽日蓝天，踏一地软软的

银杏、梧桐、枫香的金黄落叶

你像不像童话里的公主或者王子

至于樱花道、文体路、桂园、枫园

以至整个东湖之畔、珞珈山脉

那无与伦比的秋色之美
我实在无力描绘
只好请你去凡·高的秋天里领略了

如果你不小心错过了秋天
冬天的童话也会接着上映
每年，某个你猜不到的冬夜
一位绝美的天仙会悄悄降临珞珈山
皓腕环约，将玉龙鳞甲遍洒校园
于是，早晨的武大
一片雪国

你可能会拉起女友奔向梅园
这时的梅园操场不会有露天电影
在疏影横斜的梅园映上双双雪人吧
让静默的石刻和傲雪的红梅见证你
爱情美好，恒久

又一个早晨，冰雪初融
校园屋顶露出它独有的孔雀蓝
飞檐翘角，蓝光点点
犹如无数只孔雀，或者凤凰
藏浮于珞珈山中
是传说中的凤鸣岐山吗
是现实中的有凤来仪吗
我能告诉你的是
我们的武大，最美的校园

李任瑞

贺新郎·珞珈秋色

身向珈山举。

又相逢、金黄画卷，爽风同旅。

为问簧门精神在，应信鸿儒寄语。

怎能忘、沉思千缕。

弘毅自强前行远，乘襟期、舒展麒麟舞。

常结念，是师祖。

古今总记中原柱。

有几家、百年授业，楚天共鼓？

回首不移人文志，放眼经纶长路。

亦永伴、乾坤信步。

潮起潮平喧静下，独匠心、底蕴藏无数。

谁与读，秋声赋。

李国平

瑞龙吟·武汉大学赞

东湖路，还见玉宇琼楼，向阳花树。弦歌不辍分明，华堂彩镂，祥云处处。且停伫，山半黉楼梯上，临窗千户。松阴石上专深，埋头笔楮，湛然无语。

多少英雄重到，访邻寻舍，闻鸡怀舞。尚有杏坛巍巍，开合新故。寻章则典，犹咏千秋句。从来是名贤接踵，艰难天步。事与前朝去。谈今又是高情妙绪。电泳黄金缕。山石上，天波盘收光雨。防癌变种，绸缪兴敦。

（1983.7.4）

休沐日行珞珈山

策杖登临万象收，三城雄峙大江流。
湖山掩映苍松老，野雉飞腾一径幽。
叱石为驴勤远略，摩天有计暂优游。
榴花五月红如火，难得劳人昼裏留。

李建春

乐山的弦歌

在嘉州城内，遥望西藏的雪山，讨论核物理；
只有文庙的大成殿，才可以同时遮护
"阿波罗登月"和"两弹一星"的身体；
中国计算机之父，台湾工业之父，核电之父……
众多的父亲，在这八年炼狱中造就。
这是何等浩劫，何等奇缘，我愿睡在
"第八宿舍"，听日本战机
炸死的前辈校友，诉说对家乡的思念
对桂园、樱园、梅园的向往。
我在原址书写，在珞珈山麓，刘永济院长
在乐山的裱画铺里卖字，"一家欢笑万家啼"
一瞥之际，我让那西迁母校的白墙
成为我直抒胸臆的黑板，
时隔八十年，一部《战争与和平》。

（戊戌年教师节）

【注】四川乐山，古称嘉州。抗战期间，英国著名科学家李约瑟访华后写道："在四川嘉定，有人在可以遥望西藏山峰的一座宗祠里讨论原子核物理。"

随武汉大学西迁乐山的师生中，有美国"阿波罗"号登月飞船发动机设计师黄孝宗，"两弹一星"科学家俞大光，"中国计算机之父"张孝祥，"台湾工业之父"赵耀东，"核电之父"欧阳予等27位院士。

1939 年 8 月 19 日，日本战机对乐山城轰炸，整个乐山城炸毁 2/3，武大师生有十数人丧生。因武大师生死亡率高，学校公墓不得不一再扩大，被称作"第八宿舍"。

因战乱阻隔，物资贫乏，武大文学院院长刘永济在乐山一家裱画铺里卖字。他写道："煮字难充众口饥，牵萝何补破残衣，接天兵褛欲无辞。一自权衡资大盗，坐收赢利有伧儿，一家欢笑万家啼。"

珞珈山的秋景

珞珈山下的少年从六月初转入秋景
曾经以为这是不可能的。那时山还没改名
是罗敷家的山。民歌记载她的出场
曾引起怎样的骚动，使君，这持重
而自信的人，实际是少年绝望的化身——
今天的我，骑着掠过三十年的白驹
翩翩向她求爱，却敌不过她的伶牙俐齿
她的专城居的夫婿早已四十岁了
我只好诚实而专注地生活，把她的姓氏
炼成珞——一种美玉
一个人的一生在改名瞬间的灵感中
被浓缩，被预见。珞珈，一块净土
在权力的角逐中，在乌烟瘴气的市中心
必须保持她令人垂涎的秀美和贞洁
她善择其中之一。我是被拒绝的。
因此，山，是我的山。我背着沉重的情欲

把秋景强加给她(尽管她永远年轻)
我告诉她落叶的爱，当我走在九月的环山道上
看见它们轻盈地飞舞
她告诉我她嫁人其实没有那么早
"我们可以再来吗，使君?"
使君自有妇，罗敷自有夫。"可是我爱的
轻盈，是一种回归的脱离。"

李金辉

星期日晚在珞珈山聚会

瘦猫　前往　人迹罕到的　船

居民区亮灯的夜晚　已近蓝色

今夜有十万张嘴巴

(大海有时候它并不很蓝)

面向高脚杯之渴

倾吐你想象中　一双近似于

变化无常的眼睛

(眼睛好看

　　　　眼睛是心灵的窗户)

但我要迫切回答的问题是

　　　"如何开门"

在激流勇进的日子里　如何启齿

做一个看守羊圈的牧羊人

提前一步，保存有用之身

料想此生难免峻峭的险恶

可以预知　白天鹅　在海底有次沉没

也许向上的路　合该曲折地离开

(或浮上水面)

生活之无趣　神秘于

一支烟燃烧的全过程

（没有人吸烟，但街道、水

路灯下的情人，反复出现）

在情绪渐次登场的时候　你说

年年北归的候鸟　怎么就能理解

鸿雀一生的啼鸣呢？

572路正在离开武汉大学

预备转弯　正在向东

572路按点离开武汉大学

珞珈山冬夜

小狗在散步途中失眠

猫猫悄悄　告别月亮

为了明天的归来

才走进委婉的地下通道

——有许多事　不能说得直白

机动车假使不打上远光

就好像它自己会在长夜

缓慢地失去一切

（而排气管呵气向冬天　亲吻路面）

大灯　骑士具装之长枪

负载二十八座甲胄

它冒冒失失

横冲直撞

被堵在雄楚大道的高架桥上

重新换乘。

一辆公交车的尾灯

不会比我下车时的心思

更加晦暗

我们日夜渴盼的回返

其实是一次次离开的同义词

东广场每每倾倒

为你在武昌站

拿开水　痛哭一碗泡面的时间

八一路珞珈山站

一束花的暧昧是如此可靠，

以至于蝶在今日难以折返。

它最终未能找到那条恰当的路，

重回旧蛹。

也不能依附于，蚂蚁或蝉的牢固。

躯壳坚硬　像水果糖

柔软是一个硬插入夏天喉间

谨怯敲门的太阳

从早上到二十点半——

　　"野蔷薇"

作为美色目击者的一员

被判罚堵塞电单车行道

予以拘禁——

扣押在春天的

眼波之间。

李格非

珞珈山春歌

一支梅绽春意暖，春风风人珞珈山。
碧瓦朱栏映霜翠，绿树交加袅轻烟。
晴风荡漾东湖好，过尽青春好少年。
少年不负春光好，踏歌结伴任逍遥。
最是松间林下道，读书歌咏互相邀。
或藉芳草坐花茵，读书心会自凝神。
士女游园任嬉笑，一编青简旁无人。
晚来万籁一无声，明星荧荧耀山城。
非关秦娥开妆镜，青春黄卷一灯明。
校长难求补心丹，为补同学攻读难。
煎和五味呫嗟办，荤素精约进三餐。
衣食住行安排好，尽在不奢不俭间。
养以荣身教之严，园丁身教与言传。
知心救失乐而安，学以致用济时艰。
绿水青山总多情，润物无声育新人。
他年遗地增繁采，整顿山河在斯人。
珞珈春色来天地，拔地惊雷四海春。

珞珈山游

——为《武汉旅游》作

传闻昔有楚庄王，经营禹域巡四方。

"落袈"山上曾落驾，译音转义名珞珈。

六珈金步摇，珞珞石更坚。

雄关大河遍天下，金镶玉砌珞珈山，

远眺直上九重峰，山在东湖环抱中。

山色湖光相辉映，如手与足孪弟兄，

西北望断是长江，湖波江水相激荡。

朝南一派弦歌诵，各有千秋大学堂。

武大坐拥湖山胜，占断中南好风光。

学宫约计三千栋，营建风范各不同。

域外精华广吸取，民族特色为所宗。

九重阶陛上山峰，学院楼台一片红。

中央巍巍图书馆，仿我西藏布达宫。

西式人文科学馆，玉琢银装新广寒。

逸夫楼前逸夫赞，华裔深情篆心间。

环山学舍千百椽，琉璃瓦盖孔雀蓝。

如今中西相融贯，敢教古城赋新篇。

珞珈山水何悠悠，环山丘陵小培嵝。

小塘清波池畔柳，一丘一壑自风流。

每多兴建依山势，种树植花任自然。

忽然烽烟平地起，学校避地走西川。

感时花鸟亦溅泪，落红无主自凋残。

诚知花心通人性，物情亦自爱和平。

人爱花兮花依人，养花亦自养精神。

漫山清和读书馆，处处香花命雅名。

梅花樱树常相伴，夜读不觉五更寒。

梅凌冬，梅花香在苦寒中；

秋枫树，秋来经霜为老红。

莫道秋肃日凄凉，高秋亦自有春光。

紫阳桂子花开放，遍山十里尽飘香。

请看阳春三月间，万紫千红花开遍。

惟我樱花多丰韵，总领春光数十年。

红樱绿樱两相伴，神州风采自粲然。

白花鸳鸯双瓣樱，来自蓬瀛甚可观。

嘉朋寻芳载春酒，藉草铺花烂漫游。

游春兴未休，游到山尽头，

山前幽居十八栋，朱翠重叠半山中。

纵横上下有家圃，"迎春""含笑"各不同。

秀才宅院门常关，不关倦游与偷闲。

燃火传薪不容易，深思冥索种砚田。

我校专业五十五，分列科系三十三。

文法理工声光电，就中各自有新尖。

上穷碧落下桑田，科学事事能领先。

可怜百岁树人者，心随火尽薪自传。

下山回首一顾盼，烟雾楼台缭绕间。

归程偶过标本房，珍禽异兽广收藏。
中有一只小珍鸟，灵躯不到方寸长。
形似绿雀小如蜂，嘤鸣清扬声嗡嗡。
如何远从南美洲，万里飞渡太平洋。
昔年汉武御案旁，飞此小鸟音量强。
而今音容两杳杳，不能伴卿学远翔。
我语蜂鸟意殷勤，百啭共鸣接好音。
"凭君遥传天外讯，引进翩翩金凤凰。"
凤凰来自君子国，赞我经营保安康。
君子如有倦游意，心欲留君又送君。
同学少年来相践，含情脉脉求签名。
杨柳依依亦有意，君再来时我迎君。
我恨燃薪火已尽，执教授业薪未传。
同学与共四十载，"不倦不厌"愧心间。
我住灵山无他念，不羡神仙爱少年。
我爱少年思想纯，体念党心与民心。
创业四化开国运，改革开放始于今。
中央方向已颁定，起于足下万里行。
青年敢当天下任，老汉抖擞趁晚晴。
喜看全国大学院，日新日新日日新。
故客重游珞珈山，似曾相识不相见。
山川风貌依稀旧，茂树繁花换新颜。
客主相看若有悟，忽然把手共言欢。
自去自来梁上燕，相亲相近人际间。
今岁家中无牵眷，邀君共度太平年。

忆乐山

　　抗战八年，我住乐山，吃的是乐山粮，喝的是岷江水。乐山父老兄弟对我深有情恋。四十年后重游故地，感怀万端，情不自已，写了几首白话诗直抒胸臆，并以此敬候乐山父老。又抄呈友侨学方家，正我轻浅。

　　　　　四十年前一学生，读书避地乐山城。
　　　　　依依长忆三江水，慰我殷殷爱国情。

　　　　　一花一木自相亲，觅觅寻寻嘉定城。
　　　　　相逢父老喜近问，八载生生惠我情。

　　　　　巍巍巨佛世无双，寂寞千载锁险江。
　　　　　如今闭锁大开放，万国衣冠仰宝幢。

　　注：韵依今音，未遵平水。首句有用邻韵的，有用同阳声韵不同摄者。

李健章

踏莎行二首·闻武汉大学发生六一惨案

电报传来，心旌震颤，骇人惨案谁能信。育才黉舍变屠场，持枪军警皆屠汉。阶下尸横，门前血溅，师生愤怒湖山怨。而今当道尽豺狼，天昏地暗从何问！

世道无常，国基消散，上苍失序坤舆乱。更残漏尽待黎明，衔冤旧账应通算。血债须还，祸根须断，杀人罪责终难逭。弦歌讲习育英才，珞珈复见朝晖灿。

柳梢青二首
为武大作六一纪念亭碑记，通宵失眠。

寂静凄凉，虚窗冷月，秋夜偏长。搁笔沉吟，几番涂抹，苦苦思量。

应承代写文章。没料到，牵连四方。缜密修辞，机锋暗敛，谨护周防。

世事艰屯，腥风血雨，扰攘尘寰。学府潭潭，弦歌之地，也不平安。

寻思惨案心寒。撰碑记，踌躇万般。悲愤胸怀，紧张情绪，倚枕难眠。

李桑梓

秋之珞珈

如果，樱花大道上形态各异曲折蜿蜒的春花
是一年一年
像繁星散落播撒到世界每一个角落的珞珈种子
那么
樱坡下枝繁叶茂的巨大老银杏树
就是珞珈春花的守护神

只有在秋天，收获的季节
从万绿之中
满树璀璨的金黄
才终于显露出它辉煌的荣耀
树下，光芒环抱
能辐射出一个尖顶教堂的平方

对
它就是一座教堂
巍峨笔直的纯金冠冕
拾级而上
穿过樱顶老图书馆孔雀绿的琉璃屋顶
直通学院的天庭

味　道

没有一个从樱顶下来的人
能逃过樱花熏陶的浪漫

那既不是湖上吹来的风
也不是琉璃掩映的魅
不是怎么读也读不完的书
也不是挥之方遒的大课室

又仿佛它们都是
起因
亦是结果

它们的名字
和樱花一样铺天盖地地愉悦美好
——自由
那是飘荡在珞珈山上自由的味道

毕　业　季

咣当……楼上的男生又摔了一个酒瓶
他温婉娴静的女朋友默默收捡起一切

我心仪的男孩身上有淡淡的皂香
我们站在盈字斋的楼道口窃窃私语，心猿意马

毕业季，每天上演着不同内容同样形式的故事
这个夏天，珞珈山上吹着的暑热的风格外躁动
樱顶上的瑞兽阴郁地看着一切
古老的砖墙上破碎的海报印迹依稀

惶恐，期待
每颗种子都迫不及待要飞出母体

多年后，我坐在八一路口的糖水店
远眺这座神圣的象牙塔
背着书包的孩童三三两两
白发的老人面容光洁慈祥
五百米外的街道口是滚滚的红尘车马
这里的从容在透过梧桐的光中缓缓流淌

熟悉的一切扑面而来恍如隔世的安宁

原来，母校之于游子是故乡和家一样的存在
可以安放疲惫和千疮百孔的飘零

李继豪

中秋夜樱顶望月

黑暗中举起无数双手
打捞同一片苍凉

我们需要这样的好月亮
哪怕只是一会儿
站在高处，跟同类挤在一起
而不觉得孤单

我们需要这样的好月亮
哪怕看起来很遥远
这一夜，无数个祝福
找到了寄托，无数种生活
找回了圆满的理由

李德永

珞珈偶兴

东风习习柳阴阴，学步登高喜共吟。
万派江流腾巨浪，满园桃李隐丛林。
书声不为浮名诵，道体岂随孽海沉！
仁者乐山智乐水，山山水水意深深。

(1983.7.1)

远洋

秋在桂园

落叶惊心
催白头发的蝉鸣
都不能阻止我
　　沿着斑斓的秋色走去
进入生命的禅境
桂花的香气依然那么撩人

生命，又在经历一次
　　蜕变的苦痛
桂花的香气已在我心灵中
　　酝酿成酒
供我呷着虫吟
在永远失眠的秋夜啜饮

樱花如雪

从每一瓣樱花里，我认出你的唇

走出民国建筑的女孩，站在樱花树下
头发上、肩上，落英缤纷

记得你仰起的脸，闭合的眼睛
和微微噘起的唇

那时，我跟你中间只隔着一张书桌
不像今天，隔着三千里路
与二十年岁月的河

那个未曾品尝的吻，是一瓣如雪的樱花
早已在风中飘落

走在樱的身边

走在樱的身边
借她的小花伞
遮遮把你淋成落汤鸡的
爱情的雨
遮遮使你伤风的春天

她穿着绚丽而素淡的雪花裙
她笑得星光灿烂
樱，不娇弱不做作的女孩
让你在二月料峭寒风中读懂
一本爱情美学辞典

走在樱的身边
被她的笑声所感染
你也变得质朴平淡
在淡淡若无的芳馨中
你走成两袖清风的新鲜

一缕清气沁入灵魂
纯情的氛围悄悄弥漫
当你看见花被岁月牺牲
当你感受到为花儿所荫护的
幸福和羞惭
这时你才知道
这是一剂良药
能医治有关爱的流感

走在樱的身边
生命尽头
你愿这样跟樱一起
微笑着走去
留下一路繁花的春天

述川

烟 波 门
——给朝贝

往事如烟否？烟波门修葺一新，收听
东湖即兴的咏叹，这波浪曾被我们
来回走过。多么爱那时的夜色，
风光村在酒沫里升起，晃出歪斜的人影
和飞蚊，追随我们，又追随涛声，一阵热风。
风里只有热，涛声里碎出新的涛声，
引诱我再一次跨入烟波。

扬波路慢慢俯身，露出坡顶
两辆鲜艳的小黄车：新的事物开始占领
生锈的栏杆。宿舍楼伏在蛇信两端，
吞新面孔，吐老掉牙的歌，
最后，仍旧给抛回湖水粼粼。
我们守住了几个忽闪？暗处只剩
一声猫叫，一道闷雷。

重过烟波门

我忽然被一种真实的虚幻包围

仿佛从湖底涌出的，仍是当时的月色
月色照着来往全新的夜行人，而我
冒充其间。十月了，空气竟还带着暑热
风中飞动的衣袖，被门口的电单车管理员喊了
停。一切都在更新，我踱步四顾
迈过晦暗不明的烟波门。

有什么不同吗？
亘古的夜色照耀着瞬息的人（而我冒充其间）
我只能问，还剩下什么？除了
这日复一日的涛声。是啊，闭了眼
就只有记忆。我也是这涛声的一段记忆
重复的，破碎的，分发给来往的，瞬息的，全新的人。
波浪里没有更多的故事。它只递过来
月亮大小的一点宽慰，很快湮没在
夜泳者的打闹里。真好，还能在月色中
纵身一跃，随后在陌生人的歌声里上岸
就像虚空收回覆水。

而我该回到哪儿去？要是能
像远处的水杉就好了，没有地方可去
不断在比夜晚更黑的地底
挖掘自己的心灵。
再站一会儿吧，任湖水
取消自己的肉身，获得一棵水杉
所拥有的平静，即使是片刻。
多好啊，在那崭新的月色里
我将去爱。

重游东湖凌波门栈桥

——赠段慧明，兼寄武汉诸友

再难有这样的夜晚，任凭月色
牵引，我们暂时从现实里脱靶

不必命中别人的期待，斜落到
栈桥——记忆的脚手架，全是

模糊面孔。我们在晚风里坐下
从东湖恒定的波澜里打捞往事

以及往事中，未曾注意的细节
都是笑谈。旁边有女孩抱起了

吉他，不是为心上人，不是为
往来游人。她轻轻弹唱出旋律

像我们脚下，一截温柔的水纹
（生活的水文才刚开始研究）

扑通。这里从来不缺乏夜泳者
他们搅乱远处霓虹，投过来的

亮光，仿佛我们心底，破碎又
重凝的意义。聊天总是习惯于

先从轻松的地方说起，再慢慢
楚进沉重里。生命这支短铁箭

不觉中，指向苦的磁石。后来
我们都不再说，静静吹风，看

天上月，为人世降下蒙蒙清光
最隐秘的曲折，不妨交付流水

最终粉碎在飞蚊嗡鸣的共振里
起身折回，还是能觉察到改变

凌波门已紧闭如蚌壳。我们是
死亡短暂吐出的遗珠，四散在

不同的黑匣子中。时候不早了
各自找车骑上，沿着它的边缘

走一条未经历的路。一边是水
一边是时隐时现的土丘，一会

是红绿灯，一会是埋伏在平面
地图上的灌木丛小道。黑暗中

世界的形象在余光中快速褪去
只有感觉、心灵、悲伤是如此

真切：手紧握车把。从此以后
我们将踏上更难的路，甚至是

无路。回想今夜吧，栈桥非路
却容纳过两个过客徘徊的脚步

若有一日重回此地，多么希望
我们不再借助湖水来揭示自身

茅草

樱花的一生

一些樱花在树枝上出生
一些樱花匆匆死去
看樱花的人
进入樱花生死轮回的现场

走过去时看见的花苞
走回来就开放得像一个少女
再走，回来就见不到最后一面
不走，眼看着她离去

天刚亮时我们就赶来
太阳正在升起
还没有等到太阳落山
一些樱花就完成了他们的生死

从树枝上飘落下来
飘舞在空中，缓缓地飞翔
死亡的过程
似乎长过他们活着的时间

所有树下的人胸口沉痛

仅用一天
就见证了樱花的一生

到母校看樱花

与樱花约好了
她在老地方等我
每年都来看
看她的颜色
看她的表情
看她还爱不爱我
别的花我都不看
别的花不过是别的花
只有樱花从树枝上走下来
和我一起行走
一起回忆

杨帆

告　别

应把情事写得肤浅
以使她与人类无情的深刻区分开来
应将一个人的脸划为星空的
一片灿烂、一丝微风
以使时间的玫瑰，恰好刺中

樱花城堡词

狮子山治，多少容不下野猪，
来年城堡便郁结了新云。

老斋舍峻壁喜添寒窗，花期出没的天鹅
蝙蝠般在我们头顶扩散。

石梯千叠，张望着少女，
撒娇的那个，是被诱的丽达。

她的日记要从战地医院写到
现在……"从翠密的叶间望见古堡"

植物生理学教授的钢笔如堡主的权杖，他散步
在苍松翠柏间，因六十年的花期观察才知晓冷暖。

而游人爱古，骑士不骑马，打快板举油纸伞
飘飘欲仙。唱到尽头像度过了一生。

樱　花

沿着新路，让她
划入我们的眼睛。

多亮啊，那仅有的间隙里，
似乎真有把军刀呢。

我们太近了。花瓣雨
一落，你便探查纹理，

不像历史，或对岸的
绞杀榕，他们缠绕。

杨金翰

似水流年

珞珈山的雪，只落在心上，不落在地上
我的心脏每年都积累不合时宜的雪
我挂着它，撑过好些个秋
它融化：有太多年，
我不必开坛畅饮
我有幸啜饮心头轮回消逝的雪
这味道正是白开水

它维持我生命好多年
有太多年，我不能开坛畅饮

人　间

（珞珈山有猫，复姓端木，长发，状如人）
（见猫，有痴儿癫，猫不理）
暖风空调的旅店，只有很冷时
才配拥有安然坐卧的名姓
除却站起身，顺理成章地烤我
于是我半跪在案上保持思索的高度：
月把池塘吞入腹中方为晴夜

我不得不弯下腰来捡拾消逝的倒影
等勺子被一碗橘子稀释
我曾用它划出白纸上唏嘘的猫儿
一个零部件让牲畜变得可怖
我深谙这其中的风流与不搭
心想是不是有什么误会
让湖滨的猫儿不再湿润可爱
我开始多疑于晴夜，候选一夜的雨水
（珞珈山有猫，复姓端木，是夜，喵声骤停）

珞珈山·旧月

胃镂空，月光也镂进来，连同
高热量的人群、小吃摊和汽车尾气
走上三个月，沿深夜色街边：
低卡路里的故人、低卡的灯光
和低卡的往事
越往回越是瘦淡的街景
越遥远越健康

月光如高汤汁熬煮上次冬天的肉体
苍白。文火慢炖，夏天开始收汁
灶台里，近处的街被月光烹饪
就近在小吃摊，吃玄黄色汉堡
节省水，节省梦、不必节省月光

如汁的月光、收不完的月光
熬煮不进新的街巷
远街里流，浅如脱脂的奶

就这样月色剐了夜
几个时辰后
太阳剐了整个珞珈山
明媚遮住所有月色溢美之词

杨健清

那 一 夜

记得 1988 年仲夏夜
在武昌火车站站台
我们送别北上的毕业同学
从车站回程珞珈山
我们走了一夜
是口袋没钱
也是不知疲倦

翌日下午，毕业南下
又有同学到同一个站台送我们
记得没有欢笑
男生踟蹰而行
女生嘤嘤而语
他们如何回校
至今不知道

毕业 30 年了，准备相聚海南
蓝猫孤傲地说，四年吃了不少猫粮
泰迪撒欢地讲，三十年
酿酒三杯诗洒三行

吴云

珞珈之秋

几番秋雨之后，荷叶已一片枯黄
山上的落叶才开始在风中舞蹈

老斋舍就像等着我靠岸的码头
只有青春的影子能让这深秋含笑回首

青砖墨瓦的半山庐上演的那场别离
也许并没走远，为什么日记本却泛黄了

燃烧的枫叶上，我努力辨认初恋的波纹
透视风华正茂的你我从操场上忘情地跑过

秋风在东湖上转一圈，珞珈山就湿润了
一片残缺的银杏，在情人坡的石桌上发着呆

珞珈樱花

有些赞美是不用去采撷的
好比唇边的蜜，开窗即遇的樱花

你脸颊上的那一抹红云
挂在珞珈山的枝条上，天色就鲜亮起来

你的眼神就是一味迷药
羞涩的嫦娥都会为你弹奏心动的月光

哦，就让这潮水将我淹没吧
让每一次别离，都堆满珞樱的潮汐

多年以后，当我在斑驳的校舍与你重逢
所有的风情万种，怎么都装不出云淡风轻

吴于廑

水 龙 吟
——参加庐山武汉社联学术评议会后，归值教师节抒怀

匡庐十日衡文，归来恰值秋前后。尊师令节，珞珈拥翠，东湖碧透。立教兴邦，唯才为宝，不辞衰朽。喜新人辈出，天荒破了，临大计，显身手。

尝谓瀛寰历史，似江河，挟泥沙走。文野同趋，圣愚齐化，蔚成万有。望切高明，胸怀七海，卓裁宏构。惜无由，起文马迁此意，古今然否？

吴投文

珞珈山的苍翠

——纪念武大西迁乐山八十周年

在珞珈山的苍翠里
有一部厚重的历史
八十年前的西去征程
铭刻在记忆的册页里

是伤痕，也是磨砺
是记忆，也是历史
那是战火照亮的青春
那是苦难诞生的理想

西去的激流和险滩
是激越壮阔的画卷
在屈子吟哦的国土上
创造一个伟大的奇迹

在珞珈山的苍翠里
重叠着乐山的脚印
西去的征程已经远去
太阳托起新鲜的辉煌

伯竑桥

1943，乐山豆腐

请他回来，嘱咐他
旧事重提。回忆的意思是
烧开湖水，冲泡青苔
喝茶，请吧
茶的声音里坐着三两个书生

在书页一端冷眼相看的人
自有书房的冷
儿子说，他有意不提的事
摸起来像一块豆腐

邱华栋

今年秋天的岁月感

秋天之内，我老是找不到自己的影子

我听见沙子，在一个地方流淌

人是飞鸟，迷失或陷落

金属的阳光一直是这样

听着沙漏，我的心安宁而又凄凉

在夏天闪烁的则是另一种玻璃

我们被最后的浓荫覆盖，我们的皮肤和手

都在歌唱　我们的腰肢

可以像水草一样在东湖摇摆

珞珈山上果实饱满，深沉

向地面垂悬出一种姿态

我被一条河所围困　沙子

水声　谁在等待着我

月亮的阴影轻轻舔动衰草

这一切再也不会

在明天的青铜里醒来

樱花大道

伴随着春天，樱花从美丽的内部走出
高悬在我们头顶
使我们仰望和接受花雨
惊慕于天空背景的深广和繁荣

谁还能够拒绝这个季节
像水流一样触动我们的手指
在樱花大道上我们的眼睛疾驰
笑容和花朵一起在盛开

樱花大道，你的伸展
就是春天接近的足音
我们在这个季节走过你
身体和心灵陡然都变得年轻

何璇

沁园春·返校见落樱

路转山前，花乱雨后，匝地成霜。看瑶台击碎，飘零玉屑，美人新死，冷却容光。枝叶抽簪，绛气作粉，画就今春堕泪妆。徘徊处，忍情怀如系，岁月如廊。

客原旧主花乡，二三子相濡或可忘。总香吹风里，诗篇犹暖，梦烹午后，故事微凉。非物之哀，非时之感，当日深深于此望。归来是，但无题有句，写到苍茫。

何五元

珞 珈 赋

珞珈有山，雄峙东湖之南，遥踞大江之阴。东临碧水，磨山依稀弄影；西起洪岳，宝塔巍然可登；南极通衢，达中南之枢纽；北揽湖光，仰屈子之行吟。登斯山也，无车马之喧，有奇瑰之景；涛声约若，清风可饮。醉山色，叹古今，其乐也陶陶，其情也欣欣——已焉哉！陶令倘在，敢无厚美之情？

凭阑极目，远山含碧，近树扶疏。天际横江，轻纱一带；地尽屹楼，奇绮几何？一桥飞卧，挽龟蛇成一体；数舸直下，逐江渚几欲飞。东湖浩渺，云水笼烟；长堤戏波，一水绕碧。湖鸥点点，喧声响遏行云；游子搏浪，意气浩振九霄。善哉！斯水有乐如此耳！

树耸山间，草肥谷底。林荫蔽日，郁郁葱葱；花繁满树，嫣嫣灼灼。千虫鸣唱，百鸟吟歌，山富芳草之鲜美，地耀落英之缤纷。春桃秋桂，夏榴冬梅——赏奇花一树，感彻肺腑；嗅清香几脉，沁透心脾。樱花赛雪，始发仲春之际；梅朵胜缎，笑傲岁寒之末。校园四时溢香，游人昏昼如织。亭台楼阁，绿荫掩映；箫簧琴瑟，歌舞悠扬。芬芳馥郁兮最美校园，今夕何夕兮最美时光！

仁者乐山兮智者乐水，山高水长兮流风甚美！学堂名自强，多难图兴邦。筚路蓝缕，朴诚有勇，育复兴之国士；颠沛流离，玉汝于成，培干城之栋梁。风霜雨雪途，弦歌不辍；困苦忧患时，奋发图强。壮哉！学大汉，武立国，铁肩担道义；自强魂，弘毅气，豪情兮一何滔滔！

珞珈苍苍，东湖汤汤。山川壮美，泱泱兮养天地之气；澄岚秀润，昂昂兮结青云之志。从来大师云集，兼容并包，岂分东西南北；始终树木树人，英才辈出，皆为珞珈荣光。桃李满园，皆时代之骄子；学子盈室，俱一世之英华。淑女窈窕，书山跋涉；少年英俊，学海遨游。其意气一何绰绰兮，彼神采一何风流！——异兮！斯人斯地，无乃物华天宝，人杰地灵哉！

呜呼！有山美如斯，有水秀如斯，更兼有人风流如斯，珞珈无仙亦名耳！居中乐乐，快不可言，欣然命笔，为赋珞珈是也。

屋漏时撑伞写稿
一碗清粥，也可以喝到夕阳见
在清苦中淬炼的珞珈人
却担当着让世界侧目的成就

修文庙，葺神祠
乐山人对颠沛流离的珞珈人
殷殷相助。市中心的陕西街
背倚老霄顶，面朝大渡河
师生们得以在此休憩
那些不平凡的日子，常常被提笔
落在这条文风炽盛的街上

穿过八十年的风雨
从珞珈山西望乐山
仿佛仍听到文庙大成殿的钟声
岁月深处，依然可见
乐山大佛那不曾褪色的光泽

邹鸣琴

珞珈山樱花寄怀(飞雁格)

似霞似雪似烟云，
映带湖山草木春。
蝶舞轻盈魂欲醉，
花开娇媚色犹新。
香风穿径迎游客，
枝鸟当窗唤学人。
点点芳华空自忆，
何时旧地话情亲。

汪洋

赏 夜 樱

有些花朝三暮四

比如这些樱花

在晚风中更美

有些人朝秦暮楚

比如这个人

远道而来

只为了在异乡找故乡

只为了

在孤苦伶仃的世上

找一群陌生的亲人

汪剑钊

樱花手记

灿烂，犹如筹划一个世纪的婚礼，
樱树的骨节与梢顶依稀有磷光闪烁，
无叶的枝杈张开燕子的翅膀，
仿佛接受太阳的检阅；
两只松鼠溜过，踩踏树下熙攘的影子，
细爪拨动大片疑似的雪花，
躲过了镜头，径直走进回忆……
恰似一大群昨夜走失的星星，
在光年计算的宇宙，人比花瓣更渺小；
但蚂蚁与蝼蛄在草地上聚会，
庄重而和谐，自成法纪森严的王国。
时间无法自证，需要空间的支持与帮助，
具体终将归于抽象，
恰似肉体比骨骼更早地萎缩……

樱花无法掌控自己的命运，
暧昧的身世让它比玫瑰更容易受伤，
风是它的克星，一次次证明红颜的易逝。
"一切是捕风，一切是捉影，
虚空的虚空，凡事皆虚空。"
于是，春天的真实与所罗门的智慧

构成了生命的两极。

古朴的城堡永远在路侧守伺，
这痴情而衰迈的骑士，在石阶上
等待樱花结一枚果子，
只为在秋天镂刻心形的纪念；
或者敬慕那桃花，铭感于农家的盛情，
惊扰一潭深梦，泛起千年的涟漪……
人面与樱花，相映成聊斋的注释：

樱花的沉默孕育了尘世的喧嚣……

珞珈之秋

秋天，枫叶应该红了，
春意常在，依然游走于红绿参半的山坡，
仿佛经历了世故与人情，
一颗心照旧抱守天真。

给记忆穿上文字的锦袍，
归去来兮……故园还在，
一株草包蕴了天地的乘化，
孤往，也不惧山高水长。

汪晓清

秋之珞珈

这是我们的山水
必须有不一样的安排

让彼岸花先开吧
彼岸花一开
秋便来到了此岸
来到了珞珈

然后来了风
告诉每一片树叶每一片云
每一扇窗户每一座飞檐
都摆出生动的姿势

然后是秋阳
它照亮事物的细节
和珞珈人的脸庞
秋阳照亮了该照亮的
没照亮的
也留下美好的阴影

然后是雨　是桂

是倒影和芬芳
让珞珈有更丰富的层次

然后是反季节的樱花
和好看的青春
是远方的你和我
安排进这不一样的山水
安排进秋之珞珈

珞珈山，你我共有的记忆

当我投身你的怀抱
树木高大，12路公汽在校园行驶
在那个年代，在更多的年代
一无所有的人啊，唯有热血和青春
献给你，皈依你
这一片美丽的土地

以为高大的树木从来都高大
古老的建筑永远都古老
山水之间，美丽的
永远是那么美丽

谁的山曾是濯濯童山
谁的地曾是坟茔遍地

谁从这里走过，谁骑着毛驴

谁该骄傲，谁在沉思

谁在你的怀抱歌唱

谁在这里生、爱与死

谁在跋山涉水

谁又满目疮痍

谁把苦难埋葬

谁能擦掉谁的眼泪

山水之间，美丽的

永远是那么美丽

那些伟大的、庸常的

那些生离死别

那些可歌可泣

在时光深处沉默不语

皈依你

不是因为有樱花盛开

不是因为有悠久的历史

不是因为你曾西去又回到这里

欢乐的、沉重的

都是你我共有的记忆

光芒闪烁，流淌在皈依者的血脉里

流淌着，在广袤又广袤的大地

写给 1988 年的离别，写给记忆

今夜　请放下手中的笔

像农人放下自己的锄头

今夜　请敞开大门　请熄灭灯火

把自己交给黑暗　交给月光　交给深埋的往昔

今夜　只宜于歌唱　宜于痛哭　宜于长久地沉醉

来吧　请抛弃韶华　放逐理想

就在今夜　任它们无家可归

任它们在时光里游荡　哭泣

听吧　一代骊歌又在窗外响起

在往日　在 1988　在那些青春年少

骊歌曾经一样无可挽回地响起

正如酒到微醺　美好的　亲切的　怎么可能真实

面对校园　面对丰收的原野　你说该诅咒还是赞美

多少次歌唱　多少次散场

你　我　包括我们共有的记忆

是否虚妄　是否逃离

是否曾狂热地爱着　是否弃如敝屣

是否一同拥有这校园无限的美丽

所有这些　包括空荡荡的疼痛　靠什么填满

你曾说过　有些疾病　恐怕无药可医

汪菊平

武汉大学咏怀

春光眷樱朵，
秋影恋流霞。
夏雨滋草径，
冬雪润风雅。
水阔涵东湖，
山香育珞珈。
杏坛点楚甲，
黉宫赞英华。

沈祖棻

瑞鹤仙·珞珈山闲居示千帆

汉皋重到处，喜万劫生还，江山如故。安排旧廊庑。数仰槐甘藿，十年辛苦。春归梦去，纵不记、昵昵尔汝。算秦楼、泼茗添香，犹有蠹书堪睹。

朝暮。吟笺斟酌，便抵当时，目成心许。情丝怨绪，思量后总休诉。要鸡鸣风雨，余生相守，笳鼓声中暂住。待看花、病起重帷，更开尊俎。

谒金门二首

丁亥六月一日，珞珈山纪事

山月黑，枝上杜鹃低泣。残夜敲门传唤急，暗尘愁去客。

驰道雷车转疾，欲换焱轮无力。填海冤禽无片石，血花空化泪。

春早歇，一夕空枝吹折。破壁回风灯乍灭，沉沉昏夜阔。

已是莲心苦彻，何况藕丝甘绝。如此人间无可说，泪花红似血！

（1947 年）

沈祥源

长歌一曲献珞珈

浩荡春风满珞珈，　百年老校正风华。
满园桃李展新枝，　连边湖山披彩霞。
此处风光无限好，　钟灵毓秀美如画。
世上黉宫千百座，　得天独厚数武大。
昔年建校择佳址，　先贤慧眼识罗家。
珞珈从此始兴旺，　琼楼玉宇起山崖。
六大学院雏形具，　理工农医文与法。
图宏业伟傲荆楚，　人杰地灵耀华夏。
中西联璧山傍水，　天人合一地生花。

地生花，人销魂，　珞珈四季花袭人。
姹紫嫣红织彩锦，　赏花惜时情意深。
阳春三月樱花放，　漫山绯云一层层。
轻风吹来花霰雪，　仙女散花落缤纷。
旬日花期万家动，　车水马龙潮涌门。
红男绿女争看花，　花容人面笑盈盈。
樱花本是异国物，　移植珞珈花成林。
当年看花花溅泪，　如今看花花欢欣。
夏日杂花遍地开，　绚丽斑斓呈异彩。
万木争荣绿阴浓，　林海松涛爽气来。
芙蓉碧波婆娑舞，　玫瑰曲径妖媚态。

翩翩年少恋花丛，漫步林间抒感怀。
三秋珞珈更靓妆，不似春光胜春光。
枫园枫叶燃焰火，桂园桂子送幽香。
六一亭前花似血，逸夫楼外月如霜。
无边夜色凉如水，西风残月思念长。
世上同见千古月，人生几度逢桂香。
岁暮湖上风萧萧，漫天茫茫雪花飘。
万里关山银装裹，雪里梅花枝头闹。
浮动暗香满校园，横斜疏枝品性高。
冰天雪地寂静处，点点寒鸦报春晓。
四季鲜花百年人，珞珈青春未曾老。
劝君莫嫌路途遥，珞珈山水盼客到。
此处花好人更好，长留心间永不凋。

永不凋，堪回首，期颐名校风雨骤。
历尽三朝沧桑路，路上行人今在否？
贤者长留光辉迹，奉献佳话炙人口。
首创学堂号自强，自强精神流传久。
凄风冷雨暗天日，愿将热血换自由。
为求母校得进展，岂惜青丝化白头。
专家学者出智慧，仁人志士定宏猷。
培桃育李辛劳在，青山绿水名长留。
校园塑像数十尊，直抵麒麟阁中侯。
珞珈代有才人出，名校名师竞风流。

竞风流，乾坤转，盛世明时晴朗天。

幼苗广衍参天树，根深叶茂向阳展。
改革浪潮动地起，珞珈风物更壮观。
承前启后建大业，与时俱进越难关。
新人新事新思路，新天新地新诗篇。
登上层楼望大江，滔滔江水去不还。
机遇易逝时难再，好乘疾风扬远帆。
新世纪，风云变，春雷动地巨浪翻。
环宇群雄争富强，建国兴邦教为先。
珞珈儿女责任重，同心协力图发展。
自强弘毅胸襟广，求是拓新意志坚。
誓争母校入一流，群英聚首珞珈山。
改革自有新举措，四大院校长补短。
实力雄厚成一统，强强联手夺桂冠。
理工医商人气旺，文史政法硕果全。
鹍鹏击水三千里，不达南溟心不甘。
待到凯歌高奏日，写就辉煌铺蓝天。
白云黄鹤流连处，武汉大学美名传。

我生武昌六十年，育我成人珞珈山。
昔日恩师今何在，桃李依旧开满园。
草木有情人有意，报谢夙愿未能还。
秃笔伏案夜静思，诌成歌行表心愿。
至此曲终情未了，又见曙光映窗前。

张一来

在珞珈山

不必刻意去营造意境
飘落一片树叶，已足够
尽管等一个春天
等樱花烂漫
所有种子，只是被冬雪裹藏

我还是乐意在东湖畔醉酒
这让我急促的脚步变得轻盈
过往演变成一些故事
在珞珈山，这些杂糅的情感
略显琐碎

曾经单纯的羡慕美好
像一阵风，不冷不热
我们在深夜交织，用肉体搏欢
掀起，是未名湖岸的
道道涟漪

樱花祭

当我再次怀念起樱花的时候
初春的暖流被迅速浇灭
仅是以青春的借口
去窥探一朵花骨，等繁华散尽
冰雪融化

用一个春天的故事包藏祸心
如是收拢，绚烂
这些必然的法则将日子编译
同一代人擦肩而过

如是风吹，如是叶落，如是我
所有的选择
终将会涌向这群游客
所有的过错都抵不过一片
花海的绽放

逆 光

曾想带你去分享皎洁的山月
在无数次翻山越岭过后
却发现迷失了来路
你可知
岁月早已规划好蓝图
注定会走散
在一片寂静的林中

多年之后
沿着青春的泥泞我一路寻找
只听见一位老者
告诉那时的你
所留恋的曾经
是她百褶石榴裙下的
一道逆光

张小榛

无 名 山

无名山没有名字，秋天却找到了它。
它的地址就是它的身体。鲜橙色的身体，
穿过痛苦、黑暗与对少年们的等待。
而当我偶然得知她的芳名，我便立刻
猜到：他们还活着。
赞美那名字的声音，在早春就已响若雷霆。

我的友人都在无名山上。
每次有东西丢失，都是对友人死亡的演练。
而凡是已长大的，就不可能回归赤子。
当忧虑成为季侯带来的习惯，
无名山，秋季和它告别，恍若
进入一场漫长的睡眠。

读书声和粉红四叶草充满无名山的梦。
湖水中站满了今夜正梦见这里的少年。

早春是好的。万物新创。
琉璃瓦间的樱花，高于鎏金塔前的樱花；
樱花上落的雪，高于车辙之间的雪。
少女的笑声打痛少年的脊背。

无名山没有名字，春季仍能找到它：
它丰腴得流出纸页的身体，横贯在岁月之间。

无　题

——致梁上

此刻无人降临。冰冷的东湖水早已抱紧了我们，
就像雪会继续下、青草会继续生长、我会
倒在地上，耳朵里淌出河流。

梁上，你重新听见了河流。

我们平躺在船底，面朝星空，重新听见了河流。
此刻有风吹过风、草倒在草的背上。
我满含泪水，此刻有人死去。

花　房

这玻璃的，升到半空，被树冠环绕，
仿佛湖在我们之上。雨打在夤夜
小小的油滴盏里，像未成熟的星野。
我们沿水面走到枫多山，
它那多枫的模样我不再认得。明明
那些树液体在韧皮部中流动的声音

呼唤我们回来，并留下。天呐东湖。
佚乐像夏日藻荇的气味从你漫溢，
让我们愉悦得臭不可闻，
如婴孩在母亲衣领上嗅出自己。
爱呀爱。你的智者微笑在黑暗中，
通达宛若倾圮的墙满怀雏菊。
爱呀。花房呀。早夭的恒星和黑洞呀。
一百次我们交谈、怀念与祈祷，
一百次鸟群升起在珞珈山。
哦，可期的衰老每天都在进行，
时间开口说话，我就惶恐不安。

张天望

满江红·珞珈山

势倚长江，青峰耸、风光明灿。书馆立、气压群岭，黉宫呈现。百代积成神智库，千秋造就文渊殿。珞珈山、巍矗又舒宽，犹书卷。

峰凝智，明师眼；峦聚慧，英才面。向一流挺进，时时鏖战。赤帜长新宏擘举，樱梅永丽高才献。宇船瞰，中部睿仁源，华光绚！

张彩雯

路　口

毕业离校那天
在你经过的路口
我再一次
也是最后一次
人为地制造了
一场偶遇
假装有些意外地
与你不期而遇

你仍那么风淡云轻
仍只点头微笑
仍没有能看出
我眼里
那些深深的忧伤

一转身便是一世啊
我亲爱的朋友
在离开了你的日子里
这路口
我用梦驻守了它一生

美 人 樱

你迫不及待地盛开
吸引着我
马不停蹄地赶来
我们共赴
一场风雨过后的约会

阳光正好　温度正好
时间也选得刚刚地好
似乎一切
都显得那么的圆满
你灿如朝霞的模样
是早春的珞珈
最美的风景

三三两两的游人
都是像我一样
来珞珈山
与美人樱约会的
珞珈樱花的痴迷者吗

在珞珈城堡里
樱如美人啊　美人如樱

从珞珈山到乐山

(一)

从珞珈山到乐山
漂泊的路该有多长
星空下的思念
该有多少失落和惆怅

就算是
珞珈山上的璃砖黛瓦
换作了
乐山脚下的茅草瓦房
就算是
珞珈山上的百鸟和唱
变成了
乐山里的毒蛇狼獐
就算是
山山水水的崎岖
和风风雨雨的猖狂
折断不了的
永远都是珞珈人
青春的飞扬的翅膀

国破山河犹在

哪里有珞珈的灵魂流淌

哪里都是救国的战场

以笔为剑，以梦为马

书生意气的珞珈

何曾辜负过

那些漂泊岁月中的韶光　　从珞珈山到乐山

从长江到岷江

且把异乡当故乡

历史

自会记录下

八十年前的那一段沧桑

可有谁

又会在若干年后

还能再度想起

那个落水孩子的母亲

痛彻心扉的哀伤

和自此以后

挺起胸膛的坚强

（二）

梦回望的时候

无论是哪一座山

都盛满记忆

手抚摸过的痕迹犹在
思念也在夜里
千千遍地辗转彷徨

眼前的繁华
早已掩没了曾经的沧桑
那些流离颠沛的日子
像候鸟迁徙
背负了
时代的责任和使命

从珞珈山到乐山
从岷江又回到长江
一代一代的风流
从来就不曾输过
任何岁月

阿杰

珞珈之秋

每当秋风渐起　我总会想念珞珈
想念那里的湖光山色
想念山水滋润养育的那些高高低低的植物
如同想念喧闹的弟弟和寡言的兄长

那些寡言的高大树木　身形矫健
笔直的水杉　总把秋日天空撑举得天堂般高远
天堂下面　银杏树的翡翠叶片
渐被秋风吹黄　灿烂高贵如一片片黄金蝉翼

高树之下，另一些树踮着脚渴望长高
桂树香气氤氲　红叶李炽烈沉郁
春天过后变得朴素的樱　为冬天积蓄能量的梅
它们是珞珈之秋不可或缺的部分
是被兄长们细心照管的姊妹兄弟

而我　是在第四个秋天飘离的一朵蒲公英
虽然天高地阔　却似从未离开
珞珈之秋　于我不是神话　不是梦想
而是我与这些植物至亲们
在山光水色间四年长谈　一次深呼吸

樱

一

用最璀璨鲜艳的宝石美玉
和最吉祥的佛音
为一座山命名：珞珈

而樱，是这小小星钻上的光
用时光摩娑越久
就越是润泽明亮

二

突然之间，樱占领了天空
向每一位曾在枝叶下流连过的游子
发出命令：返回

这一夜，他，和她
在不同的城市，不同的梦里
收到迟来多年的情书
信笺饰以花瓣，或洁白，或粉红

三

整个花季，其实也就是几天而已

这些花儿，贪婪地收集阳光和雨水
编织自己的盛装

它们要参加一次盛大的凋零
并因这凋零，成为一座丰碑上的纹饰
纪念一次冲动，一次悔恨，一个吻
或者一个燃着火苗的眼神

四

那一年三月，我在樱树下仰面
面颊被落花烫伤

伤口结痂，留下淡淡的痕
每到三月，都在深夜隐隐作痛

陈 ○

赏樱须知

估计着花开了，但没有
十大功劳打苞，梨花树下除草
但没有，你要看的那种没有
"什么都还没发生"

"那是没到发生的时候"
会发生的，发生了我可以邀请你吗
虽然我们熟得像花落了，没有什么
可以说了，但仲春的沉默不同于早春

就像树皮潮湿，为春雷所击中
如箭一般射出，发出巨大轰鸣
等它安静，如同什么都没有发生
它已经不再潮湿。香喷喷的。

广八路天桥

你喜欢救生圈吗?
它能有效阻止你的沉没
你喜不喜欢天桥,一只豹子

跃过危险的河。它的背上
那些贴膜的、呕吐者、外卖小哥
来回动摇。我们抓住扶手

看桥下金属的湍流,整齐地操戈,在暮色里
两岸的居民楼伸出层层衣架,那招降的衣物
那镂空的楼道——盾牌的花纹,失去了光泽

太阳落下去了。我们的一部分
落了下去,快给它救生圈,快!
闪光的河水中,抛入灵魂的花环

陈卫

老 武 大

这是一个滚烫的炎夏
足球　世界杯　全球不眠　阵阵狂欢
民谣　酒吧　股市的红绿　战争与和平
也都在膨胀　争执中放大
一些旧照片让我触摸到老武大
八十年前的春夏　阴冷和冰凉

苍白的樱花飘落　不得不收拾行装
穿过樱花大道　脸色与天空一样
灰暗的忧郁　沿着长江
他们逆流而上　滚滚的岷江
睁眼的乐山大佛　都不忍看见
一路上　不断加深的民族创伤

我不知他们经历过怎样的内心挣扎
没有听到他们在初建的课堂慷慨激昂
只知他们的实验室通宵达旦　还有死亡
他们不甘面临凌辱　破碎　毁灭和消亡
那里有家园　河山　独立　自由　知识　信仰

化作火星　遥远的深山　灼灼点燃

俯下身躯　血肉筑成　一道道城墙
无论在乐山还是珞珈山
他们都是雄伟的青山
是穿越历史隧道腾跃的火焰
镌刻于我们心头的不朽雕像

秋之珞珈

住枫园
红　看得更多
秋色　便多了一重
金色桂香　远处飘来
像路过的朋友　留下的回忆

看书　爱在阳台
等鸟语跳跃　寻找
小路上　一位朋友走来
她的身后是东湖波光一片

她叫着我的名字
现在　我还在将她寻找

毕业那年

一场洪水的漶漫
让我记住
一次分别　并非容易
云落河水　大江决堤

捆绑好的行李从
被淹的武昌桥头
拉回枫园　辗转之夏
淹没旧事　城市颓废

夜的雨点稠密
滴滴诉说
不是所有的离开
都能离开　也有折回

那时我不去问未来
会再遇上谁
更不知那一刻
你在千里之外
等着我　如等
一场台风

陈勇

你我的珞珈，凝固的芳华

1

回"珈"的路，照进每一束光
都是淡淡的青春反光

即便端出的是一碟暮色
岁月的醇酿，也会站起一层醉意

2

这片山水撑起了画夹
才一转身，已裱成不易褪色的故乡

故乡啊故乡，一夕的远离
便碎成了满心满眼的惆怅

3

樱白或梅红，这季节的音符
贴满了年轻时的表情

我的梦也将开成花瓣
在这山上的每一段回忆里，等你

4

把藏在牌楼后面
那么多深情的时光都点燃吧

在所有不眠的夜晚
让它飘起来，回到往日的风里

5

以这美好的山水吐纳岁月
缘分可以托付给白云

但，只要你来过
你便再也无法远离

6

此刻，湖边只有树叶是醒着的
思念正坠入自己的倒影

为什么，每一次回望
眼里都盛不住东湖的潮汐

7

珞珈苍苍，东湖汤汤
缘定山水，地久天长

当珞珈把一世的浪漫交付你我
当樱花在转世的路口撞遇桂香

8

还没有走近，我已开始凌乱
熟悉的舞曲凝固在楼顶平台

乡愁在这里备足了粮草
喂养那些容易走失的岁月

9

最美的记忆被落叶收藏
到一盘磁带里回放

始于脱落的诞生，那么优雅
红叶把最后的舞姿托付给了风

10

火红的，被彻底引燃的秋色
把自己还给枫树林吧

鸟鸣悬挂在故事的檐角
就像你搁浅在我怀里

11

每一颗乡恋的种子

都可以长成博物馆的藏品

都可以在爱意朦胧的月色里
被想象的春天轻轻刺破

12

当花香浸透了书页
宿舍里剩下谁的恋情

倒在窗台上的书籍
至今还留印着月光的指纹

樱花独白

我，站在这暖洋洋的春光里
感觉任意一种遐想都是美好的
那些怦然心动的青春，牵过的手
沿途飘落的往事，都是美好的

这短暂的美好覆盖着我
也催促着我，在火柴擦亮的瞬间
可以看见一段韶光从脸颊滑过
一段恋情在对望中凝为琥珀

我被这暖洋洋的春光触摸着

在樱花大道风靡的人海中浮游
可以随手采撷一束爱慕
但我宁愿等候，守尽整个黄昏

甚至，我愿意守到下一个轮回
我只是想，被你卷起的那阵风带走
带到春天幽静的深处，没有喧嚣
以心相依相惜，不痛，也不伤

我想站在这条路的尽头去等你
或许，轻易就被一场泪雨所击中
等到可以随心飘零的那一刻
我只想，搁浅在你今生的怀里

当珞珈把一世的浪漫交付你我

当珞珈把一世的浪漫交付你我
巨大的幸福，在山顶云集
又化作一场花雨，洋洋洒洒
瞬间弥漫了每一片有缘的心空

伫立金秋，我深嗅的第一缕桂香
贴着微凉的夜，收复了一段初梦
这难以抵拒的香袭，经过了你
也就俘获了我，比任何爱都更坚执

樱桂同发啊，你的春与我的秋，奇迹般叠合
这意外的种子，穿越一个多世纪的动脉
在樱花大道，驰骋游子们记忆的神经
在梅园操场，总有一部电影撮合各种美好

最好的见证就在这里
无论是一块石头恋上了一朵花
还是柔情的湖水托付了一座山
都显影于我们深情对视的眼波里

我们被这一山一水、一草一木的灵犀所滋养
情愿把一生的欢喜，都锁入这紧扣的双手
一起去触摸不被时光腐蚀的青春
一起来膜拜护佑我们的灵魂

此刻，我脆弱的小心脏，比沸水还激动
一座无比巍峨的山，可以精炼成钻戒
戴在最值得铭记的故事的柔指上
把两颗心打一个结，系在风的领口

这无与伦比的醉美时刻
日月相依，山水相连，十指相扣
浪漫永续珞珈，你我相许珞珈
一切爱都将在此悄悄汇聚，落地为家

陈志鸿

樱花时节

樱花次第缀青枝，欣赏怡情正应时。
花簇层层沿道绽，游人阵阵沐阳织。
春风暖暖催新意，珞岭勃勃放丽词。
休道绽期短暂过，时机把握莫来迟。

珞珈桂

万树珈山茂，该乔颇反常。
春天挂紫果，秋日送奇芳。
粉蕊香精制，丹皮美酒藏。
全身皆是宝，自古不张扬。

陈应松

忆珞珈秋

我被山征服的那一个晚上
想起如今狂暴的车流
我何以至此。枫叶如鼓。落着
在理想消遁的午夜
是一代人撤退的钟声，漫过悲荒大地
指缝间残存的秋声
还是如鼓啊，如鼓啊，如鼓啊
继续刮着，已经蹒跚，飕飕作响
谁不独坐在秋风里，如今。
听那远处沸腾红叶的山头
有一缕青烟似的叫魂

樱　花

选取蓝色琉璃瓦下的野草
飞檐上挑起的月亮
选取一场雨的飘摇，选择夜晚
作为回忆。樱花的一生
凄惨，莫名哀伤，基因如此
我想起那不堪一击的年代和爱欲

倏忽闪现，像一颗枯死的苍耳归于岑寂
曾经假装灿烂，毁灭是永恒的主题
无法知道，每年有多少善男信女
将这可怜之物当作爱的图腾
也有僭越者，疯狂地摇落和亵渎
岩石中的蜥蜴，远古的花纹，泥泞里的神
一场梦，摇晃在路灯神经质的嘲笑中
冰凉的舌吻如痛经
没有我的位置，不如忏悔和怀念
花朵有罪，只因活在风雨三月
生命瞬逝，无意中成为象征和词语
无边的伤痛，让多少人
跌跌撞撞地歌唱这苍白的春天。

陈若曦

无　题

慕山多远道，云外是吾乡。
独向枫林去，幸而结友良。
半生皆梦呓，目不尽书行。
学脉根于此，新知续故章。

陈建军

珞珈山上三枝花

走在樱花大道上
总会想起三个女人

当年，骑着自行车
头发不长不短，像女兵
她的名字叫苏雪林

当年，看见一只飞鸟衔着一枚炸弹
赶紧拉着女儿躲在桌子底下
桌子上放一个装满水的洗澡盆
她的名字叫凌叔华

当年，张灯结彩，大摆宴席
因为用化学系老师的偏方
给女儿生了个小十岁的弟弟
她的名字叫袁昌英

三个女人三枝花
曾为珞珈山增添了一道别样的风景
三个女人一台戏
曾在历史上演绎了一段异样的人生

222

后来，曲终人散
三枝花，或飘落天涯，或就地成泥

独行珞珈山，我怕

我怕一个人独自行走在珞珈山上
我怕一不小心踩痛了脚下的文化

我怕看见用扫把写悲剧的袁昌英
我怕碰到含冤负屈的老校长李达

我怕灌木丛中幻化成仙的野狐狸
我怕情人坡上鲜艳欲滴的彼岸花

我的珞珈

我是一座山上的一块石头
我把它捡回来
打磨成一枚印章
刻上我的灵魂
小心翼翼盖在这座山上
于是
一座山成了一幅画

我把它挂在我的书房
在上面写了四个字——
我的珞珈

我是一座山上的一片叶子
我把它捡回来
制作成一枚书签
画上我的灵魂
小心翼翼夹在这座山上
于是
一座山成了一本书
我把它放在我的枕边
在封面写了四个字——
我的珞珈

陈秉乾

无　题

我终将离去

带着六月的祝福和九月的风

路过黑夜，路过黎明

路过沉睡不见的云层

亲人山上的驻足和眺望

会成为珞珈环佩

无论多远，心中常鸣

陈泰羽

戊戌年忆樱顶

翠瓦又同碧空映，
绿枝爱将层云惹。
繁花最解游人意，
总把春风束高阁。

苟鸣春

珞樱之舞

那些风雨中飘零的花瓣

舞姿多么柔美

又多么令人感伤

仿佛一个个远行者的背影

在云朵下开放，又飘飞

白茫茫一片，像雪

把足迹洒在钟情的土地

珞珈山，就是最美的归宿

珞樱缤纷的世界

不止在老斋舍和樱花大道

也不止是行政楼旁和鲲鹏广场

每当樱花从枝头

带着雨水向大地飞舞的瞬间

不必回头

一轮花季已经在告别

而关于樱花的记忆

就在这优美的舞姿里不断

升腾，蕴蓄，播撒着

说给每一位想要归来的"珈"人

樱之梦回

如果有一句话
可以托给我樱花的梦
我想说，在珞珈山
遇见是我之幸
也是我今生最美的风景
就像可以随风放目的樱顶
脚步的每次移动
都有一缕花香跑来相送
都会有一万种柔情
与这满树曼妙的樱花
轻轻相拥，倾心相融
让世间美好都停驻在此
为一生的爱恋
可以倾注我所有
可以留下纯度最高的梦
不在乎最后是否两手空空
因为幸福的记忆
早已在我的窗口上，写下了永恒

夜 樱

与珞珈山的夜色
保持同样深情的温柔
被路灯唤醒的樱花
花影娉婷，朦胧
有一种不忍回首的触痛
即使夜深人静
喧嚣如浮云般消逝
隐约的芬芳依然还在
像恋人的耳语，含混
而又清澈，让夜色变得羞涩
过路的春风带着陶醉
一场更加浪漫的相遇或
重逢，在下一个路口
或台阶上，痴痴地等着你

范云飞

校庆放歌

波叠云堆认彩旗，大千陶铸碧琉璃。
一山凝翠春多秀，百载传经事亦奇。
建业唯期真虎豹，驱驰犹待老熊罴。
即今为计当千载，弘毅精神力不移。

摇兀斯文百载多，道移江汉继弦歌。
天开庠序时贤济，气贯乾坤日月挪。
树合杏坛看孔孟，堂飞花雨胜维摩。
传经事业于兹盛，无限英名寄逝波。

张公开济大江边，道统于兹百廿年。
常记珞珈兴巨业，犹悲川蜀忆播迁。
大诚可继先贤烈，一气弘开著伟篇。
黄鹄一飞能举翮，与邦千里共盘旋。

鹓停凤止珞珈阿，江汉声传动地歌。
一脉斯文摇五岳，百年奇业撼星河。
扶帮国运文章巨，延聚名儒翰墨多。
更倩九州同仰烈，上庠风景认婆娑。

欧阳祯人

临江仙·珞珈桂子

　　湖外桂花肩上雨，都缘霜降风横。飘飘粉泪锁幽明。苍穹尽处，遥见珞珈黉。

　　摄魄香魂熏画栋，嫦娥缥缈娉婷。霜枝阴翳辅雕楹。山川隐隐，杳杳月华生。

易中天

满庭芳·母校百年校庆贺词

飒爽金秋，珞珈鹭岛，木棉丹桂齐芳。海峡遥颂，华诞百年觞。指点风云世纪，回首处，话尽沧桑。终难忘，切磋砥砺，度午暑晨霜。

泱泱。融贯了，美欧科技，魏晋文章。更咸集莘莘，国栋邦梁。四海琼林广树，拓黉树，拓黉宇，再造辉煌。千秋业，弦歌共舞，大道正康庄。

罗 毅

梦回珞珈

洗涤过喧嚣人群的
干净夜色，一串风铃
语言饱满

海流印记卷裹的归帆
水西油菜花里的蜜蜂
那些鲜亮的事物
用梦的方式爱你

无拘无束的孤独，带着
烈日和风暴
咬啮街头巷尾
我穿过沙滩捡起掌声和歌声

春风打开眼睛
打开南方之南窗子，邮差
已经消失
你的心事如何抵达

珞珈雪辞

来源于太阳某一次落下，沉默的
影子，蕴藏着勃发原力
折断黄昏骨头
为所有肮脏劈开清洁出口

岁月落于壶中，煮沸
思想喘着粗气，众人行囊空空
敢于穿过你胃部的人
他装满血液，装下泥土中根基延伸的勇气

远古神话的舌头
舔舐着牙齿灵魂
从不同维度敲击人和事的虚无语词
盲人们一生忙着诵读经文

覆盖住一切
最快的鸟却无法衔住一枚
就像许多人
无法拈住一朵花微笑

风　筝

金色的海浪漫过教五草坪
推开春天的门
雨水鞋子
一座住满饥饿和丰收的王城

轻烟吹樱
青石板上镌着未归人的脚印
清晨的钟鸣
离我很远离你很近

黄昏鞍马上撕开风的旗帜
摇到西洲的渡船
骨头铸一把竖琴
在夜晚把光明弹奏给谁听

黑暗中谁在叫我——
"何时回到教五草坪放一只风筝"……
在阳光中
把线埋得像那些树根一样深……

罗振亚

大雪中听说武大樱花开了

走在落雪的哈尔滨街头
无线电话送来一个芬芳的消息
武大工字楼前那条大道的樱花开了

悬空的灯盏被大面积挂起
少男少女和树们站成不同的风景
可想不到拥挤的嬉笑声把珞珈抬上了天
在这里赞叹也只能是短暂的
测不准的风雨在远方觊觎着
去年胳膊被攀折的疼痛还未消退
美和灿烂或许正赶往死亡的路上

而柔软贴近骨头的三月
寒冷仍穿着羽绒服在北方逡巡
虽然大雪把洁白种植在所有会说话的眼睛里
守护和冬天约好的干净秘密
但零下二十度阻止不了飞翔的姿态
冻僵的蒲公英也有要抵达的远
打雪仗的孩子已哼出温暖的谣曲

一样的季节、颜色在开放
令人犹豫再三
左脚恋着思想的花期
右脚却陷入精神的大雪

周荣

减字木兰花·入校三十年

梦回酒醒，无限风光成背影。三十年前，恰是同窗好少年。
不应有恨，千古风流凭我论。何必悲秋，识破人生一叶舟。

梦江南·丙申珞珈之春

　　春正孟，树绿柳条斜。琼蝶直趋春厚处，菁荣全在珞樱家，
樱已吐初芽。

　　春刚仲，雪亦恋芳华。片片随风潜入夜，枝枝含露绽仙葩，
能不咏樱花。

有感于抗疫医护赏樱专场

白衣天使报花期，
万朵烟霞秀几枝。
每赏珞樱思国难，
人情病俗问谁医。

牧南

樱花庆典

如果你读过荷马而未品出大海的葡萄酒味
如果你到过灯塔而未遇上微笑的伍尔芙
如果你看过百场哈姆雷特而不认识奥菲丽亚
如果坐火车去过雪国而觉得川端更加陌生
如果你乘船去过北欧从未遇到漂泊的荷兰人
如果你喜欢诺拉而不喜欢乔伊斯
如果你喜欢拉拉胜过日瓦戈医生
如果你喜欢洛丽塔远胜过纳博科夫
如果你找不到读完追忆逝水年华的理由
如果你喜欢波伏娃远胜过抽烟斗的萨特
如果你喜欢阿伦特而不喜欢海德格尔
如果你去过希腊却来不及去找萨福
那么，就请你轻装前来
参加珞珈山的樱花庆典

如果你正在怀念夭折的青春
如果你才知道什么是向死而生
如果你刚懂得人的苦难与荣耀
如果你把无限的回忆融入了时间
如果你任重道远却身轻如燕
如果你在茶水中品出了千年陈酿的味道

238

如果你在轻快的旋律中听到了亡灵的笑声
如果你发现喜鹊的翅膀上有雪白如玉簪
如果你闭上眼睛而发现耳朵原来敏锐如针
如果你在狭小的斗室闻到了风的香味
如果你发现雀巢上有远道而来的花瓣
如果你终于说出：你比世人更美
那么，就请你盛装前来
参加珞珈山的樱花庆典

怀　抱
——写给毕业季

许多人在一个车站
持着去另一个车站的票
却不一定知道自己
要去的那个地方什么模样
在已知和未知之间
栽种，施肥，浇灌，怜爱
偶一抬头，看见
陌生人说个不停的树荫

活着，看看天空的翅膀
用力踩踩脚下的土地，你发现
怀抱风雨的大树藏着许多小鸟
越来越少人问你

想去哪儿，要干什么
也许你怀揣着一座山一片森林
某些飞翔，不需要命名
也不需要见证

逆流而上
——武大西迁 80 周年奉记

逆流而上
山，在水上行走

在时间的长河上，望你
你是一座行走的山系
在万物的激流中，望你
你是一列崇高的峰顶
在长夜的苦寂中，听你
你是梦中行走的灯火
在晨雾的纱幔中，听你
你是雄鸡破晓的啼鸣

逆流而上
山，在水上行走

香樟丹桂就在前面
红墙黄瓦就在前面

天府，就在前面
自由之血在山水间奔涌
眉宇间，舒展着龙泉出山的清丽
脉搏中，涌动着翠竹拔节的刚勇
山能行走，玉会鸣叫
天地之间，谁在看着行走的我们？

逆流而上
光，在暗中轰鸣
拱出磐石之夜的
是新笋般茁壮的黎明
逆流而上的
是自强弘毅的志士仁人
逆流而上的
是求是拓新的永恒的青春

周达

金缕曲·武大樱花

幸喜花成节，正春来、飞云堆絮，漫天回雪。斋舍书声风吹透，忆起恁般亲切。看紫蕾，轻含缃叶。莫道离根东渡久，念盈盈、隔水心源澈。今返矣，自孤洁。

当年恨事谁评说？悄低吟、新枝泣露，缟衣愁结。历尽劫波芳魂在，片片青山凝血。又只怕、烟消雨灭。一夜纵怜飘零甚，也为君、作此留春阕。声竟似，子规咽。

周澳

你好，珞珈

你就是梦中的校园吗？
我竟已经启程。
奥场上响起的号声，
同许多的往日一样。

你是十八岁的礼物吧？
当我从远古吹来的风中惊醒，
七千名青年的面容与身姿，
是我第一眼看到你时的笑容。

行政楼的国旗之下，
看齐出笔直的开始；
冗繁抑或划水，
停不下是活泼的歌声。

自强与樱花路上奔波的队列啊，
东湖对岸会是怎样的未来？
永远前进的命令，
一直响在珞珈之声的频率里。

我爱你三月的樱花，

和奥场八月浓密的树荫，

纵有无数花蕊且将摇落：

摇啊摇，摇到连长的外婆桥。

（2018. 8. 28）

珞珈山下的十一月

十一月，记忆变得短暂，它们

同空气一起下沉。

湖水涨了起来，映出

萧萧落木，零散如破碎的玻璃

没有波纹的湖面上

人们小心翼翼地滑行

无辜的日夜竟被残忍抛弃！

失落的玫瑰花瓣

等待着冬的审判。

噢，快！那湖上的渔夫，抄起你的网兜

捞出遗失的花瓶

把它装满罗密欧与朱丽叶

搭上封冻之前的飓风，飞到

曾经的南斯拉夫

开启未曾设想的恋情

（2020. 11. 1）

珞珈叶落，关于恋人

三年，是二十岁的恋爱周期，
它们都会最终归于平静；
幸而人并非没有记忆
——造成痛苦的根源。

你无从得知下一次的随机事件，就像
恋爱对象的不确定性。
你会在相变点前开始绝望行动，
以免坠入万劫不复的深渊。

可是总有人失败，
更多的是无法克服的势垒；
这时你只好寄希望于彩票，
那上帝手中的不确定性。

（2020.12.7）

245

周中华

那一年，鲲鹏之雕初塑成

1982 届毕业季
要在樱树年轮中
去慢慢寻找
被年复一年
岁月流岚阻断的记忆
又被一个个同窗
亲切的笑靥连回

耳熟能详的珞珈鸟鸣
撩动思绪的琉璃飞檐
沉默深情的斑驳门牌
春心激荡的东湖碧波
都凝聚成临别赠言的一字一句
化作一片片年轻纯洁的羽毛
相随于九天之上的漫漫旅程

那一年
又一群鲲鹏羽翼初丰
从珞珈山腾空而起
那是一种相同的抱负
从此翱翔于万里云天

见　证

知识分子，这民族的脑细胞
大学，这民族的大脑
1937，在民族最危险的时刻
珞珈山，这块岩石虽硬
却对捍卫大脑重任已无力承担

脑细胞向全民族发出指令
拼一场用空间换时间的持久战
大脑向自己发出搬迁命令
选择了新的头盖骨天府乐山

半壁山河沦陷，任由入侵之敌践踏
珞珈山亦未能幸免，危巢之下岂有完卵?!
敌寇不甘于只得到它美得出奇的空壳
总想把什么往里边填装
于是被设为侵略军司令部驻地
又被改设为侵略军医院
竟妄以侵略者国花来将它装扮

原本属于这个头颅内的大脑啊
虽在远隔千山万水的大佛身旁
却从未忘记过卧薪尝胆

悲愤化作动力，信仰支撑胜算
每个脑细胞都参与了挺拔与巍然
增高着民族知识的巅峰
成为让入侵者无法逾越的智慧屏障

这终成胜利者的巍峨呀
既有感性的坚韧，又有理性的伟岸
既是文化的峰回路转
又是文明的岁月沧桑

今天的珞珈樱花呀
盛开得如歌如泣、蔚然壮观
每一片花瓣都是历史的见证
每一丝花蕊都显示着民族自信力量
预言着华夏未来的辉煌

郑韵扬

水龙吟·咏珞珈樱花

余曾负笈珞珈。北京玉渊潭樱花与珞珈樱花同为日本所赠。

问梅谁续芳音，温香径夺寒香去。约裁羽扇，流铺云幄，愿天稍驻。霞绮盈盈，珠光喷射，填衢仙侣。竟夜阑回雪，薄衣力怯，料难度、清明雨。

别事人间最惯，几枝牵、蓬山归路。不应垂首，素笺冰裂，檀心何诉。我亦离披，燕南楚北，一般轻付。奈名园碧瓦，年年春望，见伤情树。

郑世平

樱花行

珞珈三月坐春风，樱眼盛开启迷蒙。
风霜未褪花事满，倾城冠盖探新红。
我来故园作倦客，重踏翠陌欲攀折。
忽如一夜倒春寒，千树万枝寻不得。
空见垄头尽落花，濛然一任委泥沙。
香尘满地犹啼血，残蕊孤芳对日斜。
凄惶独立已薄暮，曲径徘徊不忍去。
犹记年少俊游时，豪情满怀樱满枝。
樱下相携许白首，拈花曾赋红豆词。
花信未尽人已散，天涯相思不相见。
孤影问樱樱不语，昊天徒望冷月灿。
罗浮梦老更几秋，流落江关似楚囚。
我意重来忆旧迹，孰料天亦妒风流。
间关千里来相会，寒风一曲樱花诔。

孟宪科

飘

嘟着小嘴，飘落的樱花是美的
她已经无数次幻想过这个时刻，是的
她已经无数次幻想过自己回忆这个时刻，是的
她努力尝试着让自己忘记正在经历的这个时刻

夕阳落山时，仿佛刺破了她的肚子
饥饿被一种更为饥饿的东西吞噬
不得不为自己遗忘的影子找一个寄居的地方
百年老树，一朵记忆犹新的梅

可是你又将在哪里流离自己？
每每想起在湖边草地醒来的清晨

赵之遂

武大素描

不只是樱花笔下的浪漫
东湖水用绵柔有力的双手
托举着，一座百年学堂

珞珈山的热风轻拂着我登高的梦
后山小树林中，有太多听不到声音
却是震耳欲聋的书声琅琅

理学楼前，多少学子举重若轻
中西合璧的建筑群，体现的
是一种博大、进取、包容，和宽广

没有戒尺
师也生
生，比齐着师

阶梯教室以一种登攀的形式
理性地，诠释了学海作舟的至高无上

最长情的伴读
是老图书馆四周，那些

蓬勃生长着的草木和花香

春天的日光雪

尾随我一路走来的风
提前一步，按响了山的门铃

追忆的甜蜜在于漫不经心
比如置身，这片郁郁葱葱的森林

阳光从树端倾洒下来
这些明亮的树叶，以及叶脉深处
水一样流淌着的阳光小径
是我所喜欢的

我不忙着去认识每一棵树
也不再偏执地，非要把每一件事情
弄得像白天黑夜，那样黑白分明

花叶间，翩飞的蝴蝶
在营造一种梦境

时光慢了下来
落英纷纷，是当下
光影中最浪漫的雪景

理学楼前

学以致用，文和理
在入校之前，便有了周章

分久必合，合久必分
这天地轮回，除了人和事
还体现在
注重严谨的学术教育上

比如，这南北遥相呼应
天圆地方的建筑
比如理学楼前后左右
花团锦簇的樱花路，和
一棵棵已经长大成材的树

人文与自然，讲究
一个和谐

推倒和重建，都是在
寻找一个更完美的答案

赵成帅

回武昌的公交车上

从郊外返回武昌的路上，我看见
傍晚出浴模样——

车里人烟稀少，空气新鲜醉人
像被老井水淋洒过的小白菜
在被寄往城里之前

老发动机"乌突突"的
在田野随意打包的公路上，伴着
回家农人疲倦的喘息

上来一位，坐下，欠身，调整
他手里的提包缺了一个口子——
摘下安全帽，徒手蹭蹭皮鞋上的泥土
宣告这一天结束

这简短的仪式
是他今天最轻松的消遣方式

他的目光望向窗外
搜寻什么？

卷浪小跑的稻田，或者
趔趄二十度的水泥电杆

车子靠近城市，司机
开始在盘山路上绕行
满车的武汉口音，混合着发动机的轰鸣
以及从江面上飘来的水汽

一个急转弯，所有的错愕
被甩向窗外
天已黑如树荫里的蝉翼
有人终于消磨完这沉闷的夏日

（2008.5）

珞珈山黄梅之夜遇布谷

1

飞进你的嗓里
抽出时间的纺锤
沿着爬，向前或向后

2

你这可爱的小妇人
请把声音滴在我身上

穿出回声的洞

3

在洞里，我听见"我"
如你一再地重复"你"
石头在山上遇见了石头

4

你喉结闪烁出的节奏
是钢丝线上的舞者
上升的火焰

5

广播里镀金的声音，多么时尚
与上帝聊些什么呢
既然互不亏欠？

6

我曾迷恋语言
酒窖里的种子——神之子
指给我，镜中的肉身

7

黄梅时节
一声声"布谷——布谷"
像暴雨，倾泻在我背上
清点我亏欠的罪

（2011.5）

毕业季在街道口

每走过一个路口，就有
一条坑坑洼洼的街道
摆出一把空椅子，你计划去的地方
一再被下一个站牌打断
你想跳舞，却像一个买菜的老人
游走在过去，店铺临街紧闭
每一辆熬夜的的士都像水汽开花
在两个路口之间，被雨
困住，楼房的卯榫摇曳出风湿
喊声像一架摇臂器
天空是一张溺水的大船，盛满纸人
你扮成孩子，又变作老人
不住地问：后来呢？
后来，人们在夜市上看蜃景
我们没有一次告别

（2011.5.12）

胡昕

桂 园

因为桂园，珞珈的秋总是那么值得期待
滞重的影子，一旦流连于桂树下
便能变薄，甚至薄如一片羽翼，即便
飞不了，仅仅挂在枝丫间，也是一种翩然
很多年前的9月12日，我写信告诉父亲

桂园真好，梦里尽是桂花的香。父亲说
虽秋色无限，但悟得一爿桂园，可以知足

樱 花

太过喧嚣了，我找不到一块宁静的草地
停下来，回头再看一眼。实际上，我牢记的
樱花，仿佛远走的少年，并不曾回来，当时，
在三月冷寂的雨中，它们在枝头上抱成一团
彼此照看的样子，不问前世今生，甚至

不需要一片叶子作为时光的见证。不纠缠于
恒久，既然醒了，也就不在乎一闪而过

胡岂凡

武汉大学漫吟（鹤顶格）

武汉大学建校百有余年，领导文化科技学理，飞跃向前，向受世人尊崇，特研拟冠顶漫吟六首，以为之颂。

武备文丰天下雄，汉光昭著百科通。
大成人我同趋拱，学冠中西解道穷。

武术精深励博文，汉皇功业迈风云。
大公至正人尊颂，学道群行树晓曛。

武中豪杰文中英，汉族仁能誉满盈。
大有人间崇大雅，学冠霄壤主元亨。

武林科技赋长春，汉水洪流新又新。
大地声华风碧宇，学渊胜海润寰尘。

武功莫测更雄文，汉化天人海宇欣。
大我襟怀士俯仰，学丰力教宏期殷。

武优文博群倾心，汉鼎光华重古今。
大道明传惟至善，学行深厚铸崇钦。

七绝·赠母校

翰墨琳琅书卷彰，唐诗晋字宋词章。
琼楼画阁藏经史，风雅上凌日月光。

胡国瑞

清平乐·珞珈半山南路松径独步

曲回松径，宿雨苔泥润。翠黛遮空寒影静，露湿草虫衰韵。
林梢俯瞰银湖，絮云低映平虚。柳岸参差雾舍，米家淡墨新图。

八声甘州·春日登珞珈山

又人间好景耀空来，唤余陟崔嵬。对江湖弥望，晴光丽野，
紫翠成堆。扑地红云射眼，簇簇耸楼台。试问谁呼起，涌遍天涯。

回首东山佳处，记荒湾野水，渔舍茅斋。也千门万户，上下
映波开。似牵梭、车尘来往，曳歌声、隐隐杂轻雷。休惊讶、便
神州地，尽做蓬莱。

（1952年）

水龙吟·题武汉大学新建人文科学馆

玉楼丛起干霄，槛前呈偏湖山美。旷然盈目，荡波峰岭，极
天云水。棹艇遥望，琉璃宫馆，翠围烟霭。纵西昆册府，东都虎
观，标青史，争堪比！

压轴缥缃山积，尽青衿、玩耽移晷。他时试看，新编络绎，
江河不废。更喜芳辰，延来多士，妙宏玄理。乍回眸牖外，飞鸿
杳杳，入冥空里。

（1990.9）

262

胡秋原

母　校

1988 年 10 月 3 日重临母校

四十年后回母校，
犹如老大归故乡。
但愿后昆齐努力，
共掬心血光炎黄。

注：中国台湾史学家、武汉大学老校友胡秋原先生，于 1988 年 10 月 3 日回到阔别 40 多年的母校，异常激动，挥毫题词。

胡奕婷

夜游珞珈山

让我们一同念诵那些即将失去的虫鸣，
炮台、防空洞、一棵枣树，
巨大而繁盛的果实藏匿在阶的暗部，
走得过多，便可能会丧失。
夜中流过凝聚的晶体，
所有的孩童和眠鸟只立起一条腿，半边
身子，用另一边捕捉山林的脉动。
这一切来得太迟了，直到生灵的尸体排布在
路的两旁，直到火红的羽毛铺平在针的叶上。
如果我们还在歌唱，还在围着圈子坐在空洞下方，
一个接一个地起身向山林呼喊浮张的字词。
山顶一道锐利的绿色激光刺向天际，远方是否还有
一座共轭的山？一座凹凸的、沉默的、永恒的月球山？
如果我们说了"是"，月球山会是"否"吗？
如果我们喝了酒，月球山会跳起舞吗？
如果我们用木棍将泥土戳出无数个洞，月球山会
变得平整吗？当歌声再次浮出水面，
那秋末的残余的虫鸣预示着歌的终结。
直到钟声响起，鸟命不休。

胡德坤

新武汉大学成立志贺

百年一遇好机缘，四校同门成美谈。
勤育英才图报国，光栽桃李续青蓝。
经天纬地周郎愧，揽月攀星诸葛惭。
兴我珞珈同携手，辉煌再铸更无前。

水调歌头·珞珈春

荡荡东湖水，郁郁珞珈峰。峰峦云叠雾绕，碧瓦有无中。楼阁亭台石上，松竹梅樱丛里，晨读彩霞红。南岸春来早，百鸟乐融融。

播细雨，洒甘露，润葱茏。喜看桃李争艳，古校展新容。铭记自强弘毅，求是拓新进取，高处逞豪雄。共谱青蓝曲，浩气壮东风。

念奴娇·武汉大学百年华诞志贺

珞珈秋暮，望东湖如镜，长江堆雪。小径层楼环碧树，黄绿赤橙交叠。霜菊含羞，苍松凝翠，芳草烟云接。谪仙知否，人间天上宫阙。

学子四海荣归，百年一庆，共颂千秋业。弘毅自强垂正史，勤育人中英杰。毋忘师恩，青蓝相续，惟此心高洁。应争朝夕，拓新求是传捷。

（1993.11.26 于珞珈山）

荀冠龙

向珞珈山说抱歉

入校时 18 岁
离开时 22 岁
等到 46 岁的 2023
最想对珞珈山说的
是对不起

想对樱花说声对不起
那青春的 4 年
每天匆忙从你身边走过
随时飘过的花香
就像少年时妈妈做的饭
多年以后
才在梦里一遍又一遍的留恋

想对环绕桂八楼的那些树说声对不起
每天清晨你把清鲜送来
回馈你的
只有站在窗口烦躁的呐喊
我的女人
你在哪里

想对梅园小操场说声对不起

每次在星空下看着电影

总觉得有些寒冷

多年以后

只能在手机里刷着 3 分钟看完的廊桥遗梦

小操场的恬静

只能遗留在记忆里

最想对珞珈山东湖水说声对不起

一山一水

滋养了我们 4 年的青春

我们却浑然不觉

直到多年以后

山的坚韧水的自由

都深深刻在我们的灵魂里

不过

如果有来世

我再次在 18 岁的时候来到这山这水

我依旧会选择匆匆而过浑然不觉

因为青春的年少

只有中年的对不起

才能更觉得美

荣光启

厨　房

在油烟中我品尝着生活
我一边打喷嚏，一边相信
从这窗户飘出去的味道
对行路的人是美的，会有人
因此加剧了对家的回想
在油烟中我满身安慰

这砧板，经年的风湿
一提起它，"沉重"
便有了具体的质量
当我把它平整地放下
就像克服了一个长期的困难。
当我拿起刀，我看到它面目光滑平静

很多时候，我觉得洗菜炒菜的同时
应该听听音乐，但又想
没有必要那么繁忙那么刻苦
时刻都在吸纳世界
都在渴望所谓的知识与感觉
此刻，还是放纵一下想象比较好

有一天，我站在狭小厨房的中央
看见了屋后那座山竟然变化很大
从前我认为那是较高的山峰，现在发现
许多地方只是树木的远景而已
什么时候，季节稀疏了它们的序列
露出了远方新鲜的天空

（2008.6.14）

（"山峰"为武汉大学校内的珞珈山。）

校　园

奥场无雨
梅操没有风
最令人怀念的是
校园里的黄昏时分
高高的水泥台阶上
那个叫我的人
收听自己的声音

环形跑道输送着青春
白发教授忽然变成了学生
那些慢下来的人
慢馈赠他以身边的风景
熟悉的，潜伏的
最令人感动

（"奥场""梅操"均为武汉大学运动场简称。）

查振科

秋之珞珈步崔颢《黄鹤楼》

犹忆珞珈作学游，
流连任气舍和楼。
登临但觉湖丘小，
漫步惟知天地悠。
汉水琴台留宿雨，
龟山亭阁近沙洲。
秋风卅载摇樱树，
浩荡江声诉旧愁。

钟立

沉　醉

且
给我来一壶老酒
把你灌醉在我的记忆里
那些傻傻的说笑
便不怕被风儿吹散

手指划过你脸庞
微醺的你的沉醉
可有我在心湖
为你摆渡

在你离开的多年后
我来到那山那湖
走你走过的路
赏你赏过的樱
可我
竟不知你曾有来

风从珞珈山畔吹过
点点落樱如月光般迷离
从此

东湖的烟波便失去了方寸

想你的一颗心

也如樱、桂、梅园蜿蜒的小径

上上下下

纷乱了光景

穿过岁月的千山万水

来看你

依稀少年

（2018. 11. 14）

那场错过的樱花雨

候鸟的翅膀

掠过樱顶的风

卷起碎落一地的樱雪

你的寂寞

透着无边的感伤

樱花大道

一整个冬季的酝酿

只为等你

那些浪漫的约定

徘徊在花丛中

从一棵树到另一棵树

悄无声息地寻找
那些熙攘着、肆意着的笑语
在口罩、护目镜、防护服混搭的春光里
戛然而止
成为奢侈的回忆

珞珈山
突然静下来了
北冥的鲲鹏有些不知所措地颓然而立
看惯日月盈昃、辰宿列张的
东湖水
盛满千愁万绪的泪滴
怀念着琅琅书声搅动百年的绿波

在关于这场邂逅的所有构思里
这是从不曾想象过的情节
不要去怪罪失约的人们吧
他们最懂得失之交臂的
心痛

（2020. 3. 29）

珞珈山上的树

我望向的地方
有一棵树
叶片似乎被我的目光灼伤
由绿渐黄
颤抖不已

一阵凉风迎面袭来
粗暴地通知我
这是属于它的秋天
樱顶的云四下散去
紊乱的节奏
怎么也赶不上季节的交替

走在熟悉的小路上
如潮水般涌起的
除了桂花幽幽的香气
还有我的慌乱

焦虑
源于某种遗失
回忆
已杳无踪影

即便是
回到了记忆开始的地方

多年前
来到这里
骄傲地带走属于我的回忆
今天
回到这里
却发现一如初来之时
空垂两手

好幸福的树
这座山上的树
心里羡慕得要死
恨恨地
看着它们摇摆着不再苗条的腰身

多么想
再次成为这里的存在
一草，一叶，一粒石子
也是好的
默然无声地守着
回忆就跑不散了吧？

（2020. 11. 29 校庆日）

侯新军

樱 花 雨

昨晚，下了一场缤纷的樱花雨
我在宿舍的床上
听到了樱花飘落的声音
到了早晨
房间里也有了樱花的粉色味道

长发飘飘的你
什么时候从我窗前飘过的呢
飘过了，那一袭白色的连衣裙
还有樱花雨一般的青春

姜巫

关于东湖

仅仅看了一眼，你的影子就深深印在水面上
然而水波不兴，当她走出来，仿佛是从画中探手而
自然拥有了身体，她眉眼含笑，步履轻曳
踩中我的灵魂仿佛穿上鞋子——"爱情只在想象中"

她在栈桥上走，脚下覆满蓝藻的生活的水
令你眩晕，在这丛生的幻象中
你的心如何能透过这被光染醉的一切
抓住黑暗中的荆棘？作为造物，我们如何以完美的形象

（从我们自身上升起来的）抵挡高空的窥视？
那鹰眼一般从万物中掠过、全知全能却无所作为者
挡在混沌面前，仿佛是从你们眼中交织而出的屋顶
又如这梧桐，樟树，刺槐和水杉，在语言中摇晃它们的眼睛

但你的眼睛得像它们的根，长久、长久地行走在黑暗里
无论你看见，或者看不见什么。

雨中骑行

那是大学一年级

快要结束的一个下午，
我们去藏龙岛，
其他人坐车，我，
吴方昇，罗凯，
三个人决定骑车。
我们在半途冲入雨中，
大片大片的雨，
蒸熟了的夏天，
糊在我们身上，脸上，
我们大笑着，
互换欣赏的目光，
想哭，却一直笑。
车上的人远远喊我们，
隔着茫茫的雨，
像极了六年后
我站在雨幕前，
望着起雾的南湖，
想起半夜坐在湖边，
听不同的鸟叫，
想那些投水的人，
想那些江滩边上
经历过游泳的中年男人，
落寞地坐着，走着，
露出疲惫、松弛的腹部。

姜玲

一七令·初樱

樱。

日暖，风轻。

三两朵，一堆生。

容色含玉，粉裾佩缨。

泛书香雅韵，汲翰墨玄精。

灵性秉承学苑，慧根缘自双清。

此花一放客心动，慰解乡思有依凭。

洪烛

战火中的书生
——为纪念武汉大学西迁八十周年而写朗诵诗

题记：1938 年，国难当头，日寇进逼，武汉大学被迫举校西迁，流落至四川乐山，校牌悬于文庙门前，弦歌不辍，坚持办学长达八年，直至胜利。

故人西辞黄鹤楼，西辞珞珈山
烟花三月，故人没有下扬州
逆流而上去乐山
乐山没有黄鹤，却有大佛
乐山不仅有大佛，还有文庙
最古老的书生拥抱最年轻的书生：
"周游列国不算远
万水千山总是情……"

故人不是别人
故人是我的老师、我的师母
是我的学兄、我的学姐
相隔八十年，我一路追随
追随我的大佛、我的大学
踏破铁鞋。铁鞋就是我的战靴
踏破青山。青山老了青春没老

你见过流动的长江，可你见过
流动的大学吗？我憎恨战争
却热爱这群流浪的书生
当士兵用枪杆子保卫黄河、保卫长城
他们也不软啊：用笔杆子
保卫大佛、保卫文庙、保卫民族魂
扑灭了战火，却点燃了青春

战火中的书生没穿战袍
一样是英雄
战火中的青春没有勋章
一样是史诗

毕业那年，告别黄鹤楼

黄鹤飞走，是否回了一下头？
长江流过，拐一个弯就是回一次头
我离开你，想忍
也忍不住回头

只看见江边有一个小小的影子
是你吗还是别人？在送我还是等我？
我也忘掉自己是谁了
该走还是该留？

你不是你，你是我的黄鹤楼

我不是我，我的名字叫回头

长江不是长江，是一道无法愈合的伤口

回一次头就疼一次啊

我能够忍住疼，却忍不住

一次又一次回头

姚勤

武大，我见过你深情的模样

武大
我见过你深情的模样

三十二年前的初秋
在校园的梅园小操场
迎接新生的现场
漫天飞舞的彩旗
写着各学院各系名称
耳畔传来震天的锣鼓声
我有泪涌
只一刹那
我便爱上了武大

再一次
看见你深情的模样
是在军训结束
返回校园时
从梅操通往桂园的路上
突然听见住在樱园、桂园的学长们
敲打着脸盆、茶缸、搪瓷碗
欢呼着

为我们的凯旋归来

武大
我见过你深情的模样

不知不觉
即将迎来新年
在元旦的前夜
系里组织了迎新晚会
独在异乡的孤单
顷刻融化在欢歌笑语里

然后
到了来年的春天
三月的樱花
如云似霞
灿烂在天边

这是我第一次看见樱花
像云海一般漫无边际
洁白和淡粉色的花朵
倾倒无数学子
我也从樱花
看见了武大对学子
最深情的告白

转眼之间
就到了金秋时节
色彩斑斓的树叶
装点得校园五彩缤纷
珞珈金秋艺术节
渐渐拉开帷幕
师生同台献艺
展示绝招绝活

而我居住的桂园
桂花香一阵一阵
涌向每一个路人
每一间宿舍
校园里弥漫着
丰收的香气

武大
我见过你深情的模样

在两鬓染霜的教授
讲授的新诗里
在湖南音很重的老先生
讲解的诗经里
在青年才俊解读的
陶渊明的桃花源里
在崛起的诗人

舒婷、北岛的诗句里

带给我无比欢乐的
还有每个周末
梅操放映的电影
芙蓉镇、红高粱
魂断蓝桥和爱情故事
占据了我青春
寂寞的时光

武大
我见过你深情的模样
在我青春最美好的
那段年华

袁恬

听　说

听说我走后
这里来过狐狸，来过野猪
我们的轮番出现
让珞珈山的腰围又细了一圈
如果可以
下一次我将是鼹鼠或刺猬
从图书馆的后窗里
偷走一本花果大全
把自己混同在一地秋枝里
软绵绵地打瞌睡
这次，就别让我掌管整座山了
——那太叫我惭愧

索菲

珞珈之秋

推开秋之窗，一扇是
金黄的银杏，一扇是燃烧的红枫
层林尽染的珞珈山，正好是一朵云
落下歇脚的去处
情人坡上的梧桐，东湖水畔的池杉
此刻都有点醉醺醺了
而最清醒的，要算樱顶的老图书馆
始终保持清癯淡定本色
喝过这样一壶浓烈之酒
基因里遗传一生都解不开的醉意
跌进这样一个童话世界
生命中长住一个纯真纯美的少年
秋天里遇见的，被秋天珍藏
秋天里错过的，被四季怀念
走过千里万里，回眸灯火阑珊
世事变幻流转，珞珈风云依旧
并非时光为我们停留
是你我从此走不出那年之秋

回望那年

无数次爬上一座山，珞珈山就在眼前
无数次泛舟湖上，东湖水就溅我一脸
无数次樱花树下走过，青涩的你推开一扇窗
在樱花半掩的红窗绿瓦下冲我招手
无数次坐上绿皮火车，手里还攥着
把你我剪成天南海北的那张小票
无数次被一双默默注视的眼灼伤，蓦然
回首，却不是你

夏斐

雪　樱

櫻花，这两个字太丽
三十年未曾着笔
却始终像雪花飘在心里

花红落在路上
花白铺满台阶
昨夜的一场雨加雪
冷冷的，打湿了我的头发

花雨蒸发的茶
有多少双灵魂的眼睛在饮
这雪之春夜啊
古色的建筑盛满了
你的醇香
湖水，在静听雪樱缤纷

晓雪

元旦献诗

金光闪闪的一九五六年，
唱着歌来了，
灯火辉煌的珞珈山，
沉醉在欢乐中。

我踏着新年的曙光，
去尝一口东湖的水，
我采一片火红的枫叶，
寄给远方的朋友。

然后，我跑上山顶，
面向北京，高声朗诵：
祖国啊，我们又跨进了
一个更灿烂的年代……

（1955 年岁末于珞珈山）

徐嘉乐

无　题

在天蓝和深绿之间
游荡，聆听刀叉热烈而又飞扬的碰撞
青铜时代的淬火蔓延
有如春天的雨扫过东湖垂柳
我时常这样想起你

像一千面旗帜在一千面镜子前
盛放，海浪击打在白马上
你出现在纯粹之外
万有引力的游戏类比疯狂和失误
用木头摩擦驱逐孤独

朋友，时间于我们来说
只是沧海一粟
这世上有太多比年华更值得爱的事
比如你的眼睛
和一片薄荷叶

殷青山

再别珞珈

是十月的樱顶
你深情的一片凝眸，就这样
掀起了二十年沉睡的心澜

连早春的樱花也开始了绽放
秋也是春啊
那绽放的，不是樱花
是你秋日里春天的容颜

那堂前的靓影
彩蝶一样斑斓
你轻轻地拥抱，与温热的掌心
在你的笑容里
我的目光已经开始迷乱
四周的声音不再，百鸟不鸣

我听到羞涩的声音从你的唇边传来
你动情的追忆
从黄昏到清晨，从桂子到梅香
在阶梯教室里，在林间小道上
洒满了每一个角落的

是阳光，是眼泪
是欢笑

你衣袂飘飘，裙裾飞扬
未名湖畔的小径
是芬芳的青春

你握别的双手
不小心就这样
拨动了离别的琴弦
琴声里有你炙热的双眸
一湾秋水啊，表里山河

再别了珞珈
再别了可爱的人儿
我的泪水再也无法抑制
就这样洒遍了梦里的故地
辉映着这秋日的斜阳

郭沫若

为武大校庆五十周年题诗

桃李春风五十年，珞珈山下大江边。
一桥飞架通南北，三镇高歌协管弦。
反帝反修期共勉，劳心劳力贵相联。
攀登决不畏艰险，高举红旗插九天。

郭选英

毕业，一首不懂的离歌

盛夏的午后
她整好了行装
我们把她一路送上火车

车站似火炉
我们在站台
车上的她热泪滚落

你说：车一开就凉了
我疑惑：为什么
你和他会心一声：呵、呵

你说：人一走茶就凉
汽笛鸣起
唱一曲冰与火的离歌

清晨，你和她一起走
我依依不舍
又把你们送上了火车

回到空空的八舍

独有灵儿陪我
唱着我不懂的离歌

今天，他心空空舍不得
我却淡淡：有何不能舍？

唐小兵

珞　樱

东风几度送鹅黄，红绿扶春上绣梁。

柳借三分轻一色，花凭一脉重三香。

还姿飞燕歌成舞，增色维摩画作章。

肯爱朱梁春万种，迎身吹取枝头霜。

唐丽平

细雨闲思忆武大

武大无疑是多雨的
我曾多次在朦胧水汽中漫步山间
就如此时窗外一般的天色
青灰，杂着清冷
无边的雨丝与绿色包裹
只有一条珞珈山路
被雨淋湿而显得异常深邃
通往无尽的彼岸

路过没有任何挂牌的故居
小心踩着青石而上
有那么一两栋
关着门，闭着窗
把脸凑上去
可以隐约看得屋中的一桌两椅
走到屋后
总有更幽深的小路往上去

从研工部的老楼下来就豁然开朗
我曾在那里工作一年
带我的老师是个"老夫子"

语气、神态，配上花白的头发
就如破旧的红色小窗、爬墙虎
配上斑驳的灰白墙面
成为武大最深藏的一角

走出珞珈山雨就浓烈
走到梅园的夜晚
樱顶的春天
武大的每个地方都有独属的时刻
银杏叶铺满地
八月桂花香
凌波门外游泳池
四季波荡漾

糖水与少年

我常去坐在东湖边
踏着最东侧快要破裂的石板
一只眼睛是海，一只眼睛是山
背后熙熙攘攘
一侧云海，一侧人间

我常走在无雨无风的夜晚
走山路七个弯八段回三环
如若少走一个弯会走到桥上去

侧身可以看到东湖锦带

回头便是花开半山

相爱的味道太暖

弥漫了情人坡的春夏秋天

孤单的味道太寒

享尽珞珈山的冬日漫漫

鉴湖的柳丝为谁撩动在万林之畔

走山路七个弯八段回三环

拾梧桐似枫叶一片

在大雪纷飞之前

把深秋的梦长眠

陶佳珞

乐 山 行
——纪念武汉大学西迁乐山八十周年

七七寇焰甚嚣张

血染卢沟似虎狼

晓月悲吟家国恨

江山何处留书香

戊寅筹帷春寒峭

千里西迁保序庠

泪别珞珈黉宇远

溯江而上避兵殃

凌云古渡嘉州府

不辍弦歌飞海棠

文庙高崇设绛帐

圣祠肃静开芸窗

皇皇四院名师聚

滚滚三江文脉长

德业双修育国栋

明诚弘毅铸邦梁

漫天烽火老霄顶

倭寇空中施暴狂

离乱更添离乱恨

新坟又落旧坟旁

峨眉望月硝烟里

何日珞珈对举觞

八载春秋似炼狱

一朝胜利泪茫茫

棂星门外再回首

蜀水巴山牵曲肠

校长丰功耀史册

先贤懿范永流芳

沧桑八秩西迁路

常响警钟图自强

砥砺前行酬壮志

天高海阔任翱翔

珞 樱 赋

　　江城仲春，莺飞草长，东湖粼粼，珞珈苍苍。梅香已随寒风逝，桃蕊正迎丽日放。奇哉！樱似一夜雪浪涌，银花漫天，独领春光。素练凌空，惊嫦娥之幽梦；绣袂弄云，赛瑶姬之霓裳。虽逊梅之风骨，犹有玉树之逸韵；不竞桃之浓艳，却溢琼花之清芳。银龙舞翠峦，巍峨添灵动之气；玉带映黉舍，恢宏增秀华之光。莘莘学子，年年花下赛诗会；熙熙游人，岁岁云海乐徜徉。美哉！不信人间美如斯，只疑仙境从天降！然佳期苦短，胜景不常，风扫云散，红雨茫茫。明媚鲜艳曾几日，一朝飘落太匆忙。清泪漱漱，忍辞嘉木；玉蝶纷纷，欲往何乡？实堪伤，幸留君影慰思量！君莫叹，虽输苦雨三两日，已赢颂诗万千行。明春傲然归故里，又令桃杏空惆怅！

陶德麟

武汉大学校庆志喜

楚天一角启玄黄，熠熠成均立武昌。
育骥探骊双翼举，拓新求是一帆扬。
学林有道尊弘毅，国士无双赖自强。
继往开来张健翮，云程无际再翱翔。

蝶恋花·珞珈樱花

乍放红樱初满树，飞艳流光，引得人无数。向晚看花人渐去，
繁花依旧枝头驻。

昨夜风狂兼雨注，点点落红，寂寞谁堪顾？莫问飘零曾几度，
年年自有花如故。

赠胡秋原先生

胡秋原先生以耄龄不辞艰险，为祖国统一大业奔走呼号，精诚比日
月，直声动天地。今秋先生重访母校武汉大学，把晤甚欢。谨呈一律，聊
申钦敬之忱。

一水盈盈怨逝波，离时苦比聚时多。
炎黄余烈千秋史，华夏新功两岸歌。

为有襟怀昭皎月，敢倾肝胆启先河。

风尘万里非虚掷，指日同挥御侮戈。

（1988.10.4）

绛云

珞珈记忆

东湖栈桥遥望着磨山
珞珈山也在和狮子山相凝望
我依然记着
梅操门口转身时的相遇
我本不了解这江城深处的桃花源
却慢慢赋予了你一身的故事
我和你在樱顶喝下的酒
还有在栈桥吃过的咸水豆
鲲鹏广场的樱花吹散到宋卿
桂园的馥郁，鉴湖的波光
都是你美好的模样

梅朵

珞珈之秋

记得珞珈山的银杏叶
到秋天就黄了
黄得像金子一般

从翠绿到金黄
当我们在秋风和日光里打盹儿
像梦转过身子一样

雨中的珞英

雨，洒在珞珈山
樱花，落在雨里
天空渐渐沉向大地
我的心跳，一束束
飘在你的梦中

在春日的雨中
珞珈山素服缓行
拖着风的裙裾
风，把少男少女吹起

绕着樱花瓣飞转

绕着素白的古笺
那上面写满了故事
晃动着心结
一朵朵盛开或死去的伤疤
迷惑或释然的伤疤
纷纷缓慢地飘下

你迎着落英抬起头
突然看见
永恒与一刹那
在空中相遇

毕业前的黄昏

风和云朵，涌进梧桐树簇拥的天空
在渐渐沉寂的林荫道上
倾听树蝉饮啜七月的空气
摇晃着白色荷花的东湖里
匆匆的脚步声一去不返

走在发烫的路上
骄阳烧干了我的嘴唇
整理好的行装默默无语

不知道明天的去向

毕业前的黄昏
让我去那棵巨大的香樟树下坐坐吧
我见证过闪电如何穿透它的枝叶
风雪如何劈开它的心脏

此刻，夏风翻动低垂的树枝
清凉徐徐吹来
我的身体在不确定的风里向天空展开

此刻，阳光的斑点与我的目光交错
汇聚成一座闪亮的十字架
让我从这里安详地出发吧
从一个自我和时光交错的十字架

黄凯

咏　梅

暗香飘珞珈，寻味意犹佳。

岁暮晚来雪，携手赏梅花。

天地氤氲色，万象更新家。

清浊主浮沉，日月照彩霞。

聚齐天地精，润泽日月华。

待到雪化时，报春还属她。

（2015. 1. 28）

黄秋

珞珈山的雪

万物冬眠，雪下深埋的生活
已然清醒，我注视
教学楼的椅子，木头或许
来自北方丛林，我想象到
平原一定忽略雪的白
屋檐与巨树在天空下相爱

雪落在珞珈山，黛色建筑
中伫立沉寂的气息
湖面飞过的水鸟
谈论莎士比亚的剧本
炉火一般的温暖在美好中来临
他们挽着影子划向深处

我们谈论到雪，那场寒潮的大雪
在珞珈山落下，我们拉着手
越过昏暗的暮色
自行车驶离樱花大道
车轮碾压的痕迹频频出现
仿佛在精神的栖息地
雪替我们萃取了美好的灵魂

珞珈之秋

九月唤起珞珈山的意象：色彩斑斓，芳香扑鼻

杏树叶子

金子般闪耀在空中，桂花在月亮中

幻化古典的诗句，夜晚的 CD

播放北欧民歌，月光跳舞

舒缓的乐曲在东湖边若隐若现

婉拒黄鹤造访，隔绝电子市场

只有阶梯教室的白月点燃萤火虫一样的微光

我们熄灭灯，看见书本摩擦的静电

制造今晚的繁星，拨动手指上的吉他琴弦

"我相信我贫困和富足中的日夜

与上帝和所有人的日夜相等。"①

那是九月的月亮，他们将枫园、梅园、樱园一一朗诵

赞美枫树不会在一个晚上过期

赞美音乐中长久的理想与自由

赞美一座山在秋天的起伏呼吸

在珞珈山的秋天，在离场的黎明

繁星最后一次织就了一帘幕布

我们怀抱信纸，交换了年轻的邀请函

①引自博尔赫斯《我的一生》

珞珈山看地图

图书馆的灯光照在操场，一张比例放大的中国地图
布满谜语的气息：阿勒泰，林芝，漠河……
所有存在时差的地方，我猜想那里的人
在不同时间，他们应该和我有相似的眼神
我们隔着时空，写下途经的田野与湖泊

樱花开了，林中散步的袖口捡来花瓣
我把它们粘在自己家乡，仿佛父母
在地图另一端看到绚烂景象，那些每天
日落中的夕阳与黄昏的钟声
在雾气的园子埋下一些花瓣，我们多半已经
告别表达的天赋，语言的距离哺育出爱

这些在阁楼用放大镜观察远方的日子
她清亮的眼睛大海一般瑰蓝，更多的时刻
挨着窗户坐下读书，我们指着地图说
石家庄下雪了，昆明的花卉坐上飞机运到武汉
除其他喜欢的事物，我们在珞珈山研究地图
我们曾经计划在某个小镇悄然度过幸福的一生

黄萃

给珞珈的情书

离开你的时候，
我们张开双臂准备拥抱全世界，
却没料到自分别那一刻起，
最初始最难忘的青葱时光从此留给了你。

我常常会想起你，
想八月的桂子是如何香飘校道，
想三月的樱花雨是怎样洒落在情人坡，
想金黄的银杏叶是如何映衬着湛蓝的天空，
想冬日的红梅是怎样绽放在雪落无声的夜里。

你是岸，连着汹涌的海浪。
你是塔，照着远行的船舶。
你是樱花树下我们永远的家。

珞珈山民在嘉州

三月
樱花还没有种下
雾雨飘散，蒙蒙洒洒
我在江水之上
眺望未知的三江云霞

八月
孔雀蓝开始发芽生长
听说珞珈山上也要开始层林尽染
我几度梦到东湖上的晚霞
远看磨山
熙熙攘攘

梅庄别过了大渡河
寂寂寥寥陕西街
瞥见大成殿的繁花柱础
崇文阁的瓦片就要坠落
我和你故事的开始
是隔了两千里
还是八十年

黄斌

珞珈山的涵义

我不能忘怀的永远是
珞珈山十八岁的怀抱
我不能忘怀的珞珈山的
春花和秋月
永远是十八岁的春花和秋月
珞珈山的樱花是十八岁的
秋虫　也是十八岁的
甚至一根草
也直立或弯曲着它的十八岁
珞珈山的石头和泥土
也一直是十八岁的
一片银杏叶
是十八岁的那种金黄
一株樟树
香着它十八岁的那种香
梧桐叶绿着它的十八岁
或者掉下它的十八岁
我的桂园一舍
是十八岁的桂园一舍
我的足球场上的足球
每天都被踢出十八岁的弧线

还有网球　蓝球和排球
它们把十八岁的球体
沾满了十八岁的汗液和灰尘
还有我十八岁爱情的初吻和月光
获得　随即失去
让疼痛和爱也一直是十八岁的
我十八岁的图书馆中的座位
空着的时候也在等待
另一个同样的十八岁
珞珈山有多少十八岁啊
如果我能活到八十岁
再回望我的珞珈山的十八岁
我可能会发现
珞珈山其实不需要岁数
它和别的山体并没有不同
它只是一座山
但却教给了我属人的涵义

黄冬冬

毕业的愿望

充满期待地来
却不知不觉中被离开
一如身体沿着东湖走向珞珈山
灵魂始终不肯离开

那时的我对未来没有想法
还以为像樱花一样可以岁岁年年
因为落叶松用落叶铺就的来路
开始了一年一度的积淀
直至厚如火山灰飘洒人间

唯一记得毕业时
收到了一篇预定的墓志铭
我已经提前躺在了人们的遗忘中

如果说有什么愿望
那只是如石桌石凳一样
守望着校园和青春
任岁月和热情白白地流淌

看惯了潮涨潮落
忘记了云起云飞
只有一种无处安放的期待
何时从哪里毕业

曹莉

中年的重逢

光阴做成的羽箭
瞬间穿射珞珈山与我
两次对视间的距离
撞痛眼球那团绿色的
一见钟情
二十年间发酵成
欲说还休
远眺东湖的秋水

百里，千里，万里
在每一个飘零栖身之处
都曾一场场排演邂逅
记忆的闪回穿梭在
环抱山腰的浓醇里
手足的方位和轻重隐退
缄默在搜索再次亲近的理由
记忆生涩的关节试探着
无痕地接合

那年夹在书页间的单薄
是否有了裂痕

涂浓的笔锋是否日渐清淡
登高的同道是否转入了坦途
对面深幽的瞳孔想要揭示
世人并不在意的答案
而我只为寻找
呼吸再次同步的默契

紧缠在时空间的结扣
松解在真实的刹那
那一眼砸中心房的冲动
是否能够重启，弹出
掷向山顶的彩弧

曹圆

秋染珞珈

秋染珞珈
借用了老斋舍砌台阶的气力
所以，它的动作才轻
是几件单衣在晾衣绳上飘
忽而抖落，
被时针搅乱前的颜料
橙黄褐赤

踩过落叶的脚
在泥路上仍然自知
踏入银杏和梧桐的密谈
这是雕版印刷的用武之地
让那层次分明的丰富渐变
以文字方式转码
在你我身上稳稳落座，久居

它专心复刻，在我们的年轮上
出落成一刀完工的折叠剪纸
那么一气呵成的秋，在樱顶
深藏多少结构精密的运笔
飞檐展翼，交响乐停顿收束

一个漂亮的后空翻——
来了，青色琉璃瓦旁
我用夕阳喂过的脊兽

曹世硕

蜿蜒的路
——致实验室

超出的声音在呼喊：
当从实验室走出，电流在微按的手下轻轻颤抖。
融合的金属从芯片上坠下，无数颗
天圆地方。路灯透出黏稠的温度。
食堂旁道，一只黄鼠狼从正极跑向负极。

水跟着车灯崩裂，撒向空间的果实，落在
伞下零零落落的蔷薇花香。
举起一片空洞的松香，燃烧的热气，
在橙黄色灯光里倾斜着下落。
蜂鸣声，封闭，风声。
抬头，锋利的绿色剪刀划过天空，从
珞珈山上小楼。手中温热的电烙铁
忽然熄灭，热气飘散向模糊的
混沌。
还请你放下你的铁吧，夜晚降临。
旺盛的尖刺生长，你的身子骨开始变得僵硬。

月比日更大，年更大，难以想象的是
——赠珞珈山一位友人

三月末，待到初升野兽般冲破

混沌的水汽。瓷蓝盘上，东湖一样

远的尽头忽闪日的光。

泡桐，向上膨胀的花叶，

纹路顺流而下。那时候它就学会了问天。

小时候抱住庞大的身躯，湿润的蘑菇

耳朵。像桥洞下火车的轰鸣，

里面是存贮的水吗？便火车把我带来了这里，

凌波门，栈道细微，歌慢慢把清晨托起。

一边走，一边沾满了水。一起去郊游啊，

降下吉他的首音。人是怎么抱住他人的手臂的呢，从

什么时候逐渐地走远去。我开始依赖

柔软的布料，棉麻的衣服，直到断裂，

灯光下我将其缝补起。

什么样的柔软才能留住你。

竹马，竹马走。

曹海钧

雨中赏樱

雾色蒙蒙细雨中，
寻芳幽径渐春融。
千枝嫩叶叶新绿，
一树繁花花正红。
朵上凝珠添媚态，
林间飞瓣舞香风。
眼前美景疑曾见，
不是去年人物同。

龚航宇

桂 花 碎

如果把绿色涂灰，是什么颜色
从没想过
就像没想过
我们也会有分别的颜色

遇见你，是珞珈飘来桂花
第一缕香时。
你拾了一粒花碎　别在耳旁
回头一笑，似这香
淡的转瞬即逝
却成了我抹不去的秋愁

月月都有桂树
年年都有这桂香
季季我都收了满地的桂花碎
只是鬓发已改
回去的路，谁都没有找到

我们的季节又来了
你的城市还有桂花吗
还有谁人拾了那花碎

却忘了花
原本有香

如　樱

如樱
透明的　是粉
在斜阳的光里。
一层紧似一层！

你说过，春易碎
如樱。不等清风不唤雨
严冰一破，闪了一树一树花落。

樱开时，并不能想起你
只望到满塘的樱瓣，揉在水里
撕裂的云跟着伴着追随
你会去哪里。你要到哪呢
这春才将开始，就断了。

听樱
一半流水　一半风轻
来过　回过　忘过
模糊的青春
如樱。

崔雯晴

春山秋水是珞珈

还记得
是在金色的秋天
我怀揣着满满的希望
走进珞珈山
从此
春樱秋桂，夏榴冬梅
伴随我走过四季流转
一任珞珈山郁郁葱葱
东湖水浪卷千涛

樱顶的明月下
是谁的十指
在黑白琴键上自由起舞？
老图的转角处
是谁的声音
透过油墨芬芳的纸间婉转吟唱？

摇头晃脑的先生
抑扬顿挫
用唐诗宋词填满胸中万千沟壑
睡在我上铺的少女

巧笑嫣然
轻声诉说着春天到来的信息

用相思种满春山
用爱恋注满秋水
走遍万水千山
只有这里
才是我梦想的家园

康承佳

秋回珞珈

日光轻柔，缓缓削减
那些坚硬的事物
自强大道上银杏树和捕蝇草
都争相走向枯黄。故事
不必回到多年以前说起

等西风路过的时候，秋天
穿过你的身体，缩回到
一只蜗牛的壳里
无问大雁此去何处，一开口
就是秋季

迷信温度的枫树又一次
点燃小道，东湖依然绿着
却拦不住急于赶路的灰鸟抛下的
一些旧事和倒影

我想，必定会在秋天
去见你，带着湖北新雨
看十月落在你身上，一点点
撞开，绚烂和暴力

说起离开

夏天猛然地跌进六月，那速度
往往比一次老去，要快很多
一种虚幻和迫切突如其来，远胜于
真实世界的残酷

武汉依旧以你我习以为常的方式，展开
可我内心野草疯长，快于夏天
说起离开，似乎很古老，楚辞一样的忧伤
却又，尤其当下

即使已经用力辞行，但还是，有些难过
这个下午，除了静坐确实无能为力
走的人已经走散，远赴生活，挺好
其实，当陌生人靠拢时，我也应该
感到足够幸福

还有什么呢？哦哦，忘了告诉你——
"与君初见时，犹如故人归
不问楚国梦，此地曾经别"
我想，终究有一天
会再来看你，我不怕，走很远的路

我变得如此渴望

骨子里，我是如此恋旧，八十年
你知道的，这是一件多么悲切而危险的事情
于是学会深爱，比如土地，比如山川
以及黄昏里的木棉

在七月，一份怀念，两种深情，这时候
乐山陌巷深处，杂草苔藓，久违的夜色已经不够
古老的路径只适合对抗时间，又一次
和自己对坐，老久

八十年啊，其实我怀疑很多
但是我信仰人类
信仰神对万物，皆有期待，这时候
要是下雨，多好

相较于遇见，在武汉，在珞珈山
我更渴望重逢。所思恋的种种
这一刻都会因为雨水
变得，分外好看

阎志

虚石牧场

我想起草丛中
星星散落般小花的名字
还有池塘边
偶尔被猎户惊起的清晨
葡萄园只有一个工人在劳作
阳光依旧照在他的身上

牧场上的牛群
不需要知道明天的事情
山坡上麋鹿、火鸡依次出现
透过丛林
可以看见远山后的夕阳
层次分明而且触手可及

就在山顶的石头上坐坐
或者听听
几乎与故乡同样的
松涛之声
仿佛是从少年的某个午后醒来

葛文惠

临江仙·珞樱

谁怨连雨春信晚，繁枝遥见云烟。
罗裳偏惹雪翩跹。
晓风时弄影，新蕊醉觑檐。

白玉红绡轻粉黛，妆成由自天然。
朱窗碧瓦衬清颜。
人潮凝睇处，脉脉两相欢。

风过东湖

山峦入夜并穹合，好趁云斜踏素波。
拂度长堤邀岸火，还织细浪碎星河。
香遗半粟源月魄，音取余腔自人歌。
我且徐行君莫问，归来倚树影婆娑。

董必武

纪念武汉大学五十周年

根深叶茂，实大声洪。菁菁者莪，曰专与红。

适应革命，学业日隆。真积力久，神悟心通。

热爱劳动，服务工农。竞攻尖端，试缚苍龙。

以建新国，以前民用。力争上游，高梧鸣凤。

斥彼修正，资级陪从。谬说纷陈，纠绳是重。

珞珈之山，东湖之水。山高水长，流风甚美。

覃奕霖

雨　事

星稀　今夜珞珈山降雨　薄雾渐生一袭倦意
朦胧的穹顶　再次分娩几丝寒冷。出梅园
沿着坡走　融入稀疏的人流　雨声便寡淡下来
昏黄路灯挑拨微澜的倒影。先是
香樟交换轻盈似燕的露珠　惺忪多年的青板砖
被尽数拍响。叹惋惊蛰易逝
季节间的桥梁缩水到哪了　此刻的珞珈山
还没来得及　垂钓梦魇。视线坍塌
微风再次过滤心事　枝丫匆匆结茧。黯色斑从
四周蔓延而来　错过的灯火　皱揉成纸团。
草木葳蕤　填满脑海里无数想象的纹理　仍旧
呢喃的幽径　界限分明。湿滑的阶梯
将落叶仔细篆刻。雨里夜跑的人　遗落浪花
银丝渐亮　烟雨中不知是谁　浸湿脚踝

落　樱

乍暖还寒　我们反复倾诉对温度的揣度
黛色的鸟雀鸣啼　雕琢一天的时辰。沉钟般
道出清醒的谱　旭日高悬
淅沥的空气　逆流而腾。直到落樱缤纷
白茫茫了人间　螺旋的景致才逐渐趋向透明。
窗台　门缝　衣帽随处可见繁星点点　怜惜有加
的　是浸血的暖意　共赏嫩樱半生。时间
流逝　势必会镶嵌行者的轨迹　就如池鱼故渊
我们对视良久。烟笼寒水　昼弥夜巡的
鉴湖漂荡几片残樱　是潋滟莞尔一笑。
狐狸踪迹不定依旧　思念偶有落空　而崭新
的嫩芽灼烧梢头　自有浪漫的形。
如今我不再垂涎厚雪漫山　只是缄默
欣赏这落樱年复一年　折送路途赶考之人

闲　暇

珞珈山的宣叙调。一如朝露晚出　难以琢磨
黏附半碗铅月光　山中时雨的深意
不会轻易将我们放逐。驻守每场晦涩与复杂
满眸静谧　水涨　细胞以某种方式重新组成
整饬视觉符号　与我并肩
行走在消逝里。朦胧时分　地面跫音缭绕
积水如镜。不同的是　积水映照得出
攀升时序的曲折嶙峋。错综的地脉　胆子很大
先是驮起满地蛰伏　而后粒粒金丝　藏匿雾色
路的尽头如清涧般墨蓝　深陷风草混奏
在梦境我相信路是回旋的　仅需回眸　你我的
交集便不再稀疏。那些浓郁　与轻素
供人填补和期许　行者所略之处　嗅得出
万物的悲喜　以及不可言喻之思

谢春枝

珞珈的秋，都是未及出口的表白

意气太重，载不动过多行囊

把脱落的青丝，堆砌的块垒

托付给风清月明的阆苑

反正，这漫山的松柏和石头

早学会了沉默

樱的雨，梅的雪，荷叶的泪

年年为它们撰写着，跋和序言

切断了羁绊的转身

愈远愈渺如鸿雁

槐树佝偻身躯，念当日瓷瓶簪花的净白

银杏散尽了金黄，等不到剔透玲珑的素手

只好荒草牵着石阶

藤萝撑着石壁，一年年引颈

让琉璃，照亮你归程

所有匆匆舍弃的，都在被善待

曾经千回百转，酿出三十年的香甜

南窗夜夜枯守，望红了半山云霓

信笺破碎，一页页缝合

染成向日葵的底色

铺满，流水样斑斓的情人坡

岁月欠你的

故园悉数为你珍藏

珞珈的秋，总会准备好一场盛宴

替你说着，未及出口的告白

那时的樱花

即使燕子没有衔来

故园的请柬

南风也会唤醒

被光阴催眠的语言

记忆里仍是你初次的容颜

一夜的惊艳

珞珈山缥缈胜仙

云海翻卷　花雨漫天

遍地的落英　写不完

青涩的欢喜和巧笑晏晏

这样的花季流年

一样的转角

不一样的芙蓉面

月光洗去离别的尘垢

又看到那夜五彩的心愿

繁华从未爽约

你却归期难见
人潮涌动　那时的你
一直在浪花中闪现

毕 业 季

最后一夜，无风，也无雨
女孩们已经各自归程
把细若游丝的味道和沉睡的影子
打捞，封存
让纤尘不染的营盘
任新一季流水淹没，晕染

楼前桂树
正为秋天积攒浓郁的底色
月裁制出的雪花笺
被丁香般的笔，消磨成
薄如蚕翼的纸片

那夜，星空支起蔚蓝的网
时光在外衰老，腐烂
我们在内悠然游弋
像一尾尾，永不疲倦的鱼

廖志理

樱　园

浓云密布的苍天不免老迈
朝代乱落
烟雨湿我衣裳
虽然朦胧
却仍细腻
滋润已至春深
我看到新绿渐老而孤红犹存

是啊
人世阴晴不定而且短暂
在园中
我却仍如枝头一瓣樱花独自轻盈

今生
未落
等风
来吹

谭代雄

珞珈樱赋

　　癸卯之春，惊蛰破晓。愚览武大公众号，谓江汉水生，珞珈春早，新冠退疫，山樱含苞。愚登楼北眺，眷然有归欤之情。陈师宋母每唤游子，命赋花朝。憾无暇顾，身有余劳，遂作珞珈樱赋。其词曰：

　　唉！归去来兮归去来，故园嘉树竟谁栽？
　　爱日寇之遗种，亦扶桑之旧爱；秉周公之夙愿，裎大地之胸怀。
　　培沃土以归化，引新苗而更改；沐春晖以得时，拥学府而盛开。
　　情人坡下，浓妆重彩；半山庐前，略施粉黛。
　　理学院旁，飘飘欲举；行政楼畔，亭亭如盖。
　　灿灿兮，绽绯红之轻云；翩翩兮，浮雪霁之瑞霭。
　　葳蕤兮，若贵妃之醉酒；回徨兮，拟昭君之出塞。
　　纷其可喜兮，雍仪而俊采；素以为绚兮，酽酽而皑皑。

　　唉！归去来兮归去来，谁将屐齿印苍苔？
　　故园一别兮悠悠卅载，瘟神肆虐兮几度阴霾；
　　玉宇澄清兮山河入梦，长风万里兮思念成灾。
　　倾江城以来潮兮，融花海与人海；
　　聚群英以盛会兮，并舞台与讲台。

锵锵兮广告征文，学习竞赛；浩浩兮名师荟萃，讲座联排。
漾漾兮浪淘珞珈，诗涌九派；昂昂兮石飞天际，万林育才。
于是良品大卖，佳人偷拍；同学约会，情侣表白。
梅四幽深，小谢欣逢小赖；樱三高冷，老谭酷肖老斋。
花飞日暖，初恋恰似酸奶；风逆水寒，往事涩如湿柴。

唉！归去来兮归去来，落英缤纷兮今安在？
好风借力兮游鲲鹏运，时雨沾衣兮红泥软埋；
其兴也勃焉风华绝代，其散也忽焉隐入尘埃。
方其之盛，信可乐也；及斯之败，岂不痛哉！

呔！归去来兮归去来，月圆三镇兮青春未衰！
聚散离合者习以为常，春华秋实亦自然生态；
学大汉武立国十三秩矣，风景独好者惟此文脉。
自强弘毅者何妨半百，求是拓新亦责无旁贷；
思樱作赋兮系与归鸿，遥寄珞珈兮千里之外！

蹇宏

乡　愁

珞珈秋色好，诗意樱顶楼。
东湖澄新月，半山结乡愁。

归　珈

一路风尘半生痴，三月樱讯问谁知。
归珈欢喜满园雪，怅忆当年树下时。

珞　樱

疏影依稀在，珞樱扮雪飞。
此境能几日，狂呼游子归。

后　记

百卅珞珈文脉深厚，诗人辈出。为展示武大师生校友的珈国情怀和浪漫质朴特质，寄寓百卅黉门的豪情才智，武汉大学校友总会面向全球校友进行了诗歌征集，策划并组织编辑了《珞珈诗情》一书，致敬武汉大学建校130周年。

诗集由武汉大学校友陈勇担任主编，人文社科资深教授於可训老师作序，邱华栋、李少君、方长安、王新才等组成编委会。陈作涛校友为诗集出版提供了资金保障。校友总会邓小梅、陈东华、刘丹为诗集选编提供服务和支持。众多热心校友主动宣传本次诗歌征集活动。

《珞珈诗情》共收录了181位师生校友的诗歌作品。其中，既有自由灵动的现代诗，也有对仗工整的古体诗；既有校庆主题的特别新创，也有过往的佳作名篇。无论何种题材体裁，皆感于心、发于情，表达了武大学子忆念母校、感恩母校的赤子情怀。

诗集的编选虽竭尽周全、力图精美，但囿于水平和见识，难免疏漏和遗憾，尚希广大师生校友和读者朋友见宥。

我们深信，只要珞珈"诗山"在，终不负云霞慰诗心。

武汉大学校友总会

2023年9月于珞珈山